DIE ZWEITE GRENZE

ILSE NEKUT

novum pro

www.novumverlag.com

Bibliografische Information
der Deutschen Nationalbibliothek:

Die Deutsche Nationalbibliothek
verzeichnet diese Publikation in
der Deutschen Nationalbibliografie.
Detaillierte bibliografische Daten
sind im Internet über
http://www.d-nb.de abrufbar.

Alle Rechte der Verbreitung,
auch durch Film, Funk und Fernsehen,
fotomechanische Wiedergabe,
Tonträger, elektronische Datenträger
und auszugsweisen Nachdruck,
sind vorbehalten

Gedruckt in der Europäischen Union
auf umweltfreundlichem, chlor- und
säurefrei gebleichtem Papier.

© 2022 novum Verlag

ISBN 978-3-99131-366-3
Lektorat: Mag. Angelika Mählich
Umschlagfotos: Dachux21,
Sergey Klopotov,
Kostia Osypov | Dreamstime.com
Umschlaggestaltung, Layout & Satz:
novum Verlag

www.novumverlag.com

Eines Schattens Traum ist der Mensch
(Pindar, 500 v. Chr.)

Sven war 23, aber müde, lebensmüde. Er wollte sich nicht töten, nein, er war nur zu müde fürs Leben. Nichts freute ihn, nichts begeisterte ihn. Leben war mühsam. Nur seine Fantasie, die war intakt, und seine Träume waren farbig.

Seit er hier in diesem Notariat arbeitete, also seit drei Wochen, wusste er, dass sein ganzer Körper aus Büroklammern gemacht war. Eine an der anderen hängend. Ineinander hakend. Meterweise Büroklammern, die ihn, der auch innerlich aus diesen Büroklammern bestand, umwickelten. Leicht an Gewicht, aber umständlich zu bändigen. Er war durch und durch aus diesen Klammern erschaffen, von wem auch immer. Und er versuchte, sein Inneres mit ebendiesen langen Schlangen aus Klammern zu bedecken. Musste ja nicht jeder wissen, woraus er bestand.

Wahrscheinlich war seine Arbeit schuld daran.

Er befürchtete, dass er verrückt geworden war, und tastete nach seiner Haut, seinen Muskeln, seinen Knochen. Elle, Speiche, Kniegelenk, Bauchnabel, Achseln, sein Geschlecht, am Kopf dichtes gelocktes Haar, alles war da wie immer. Er durchsuchte die Nasenlöcher, die Ohren, einfach alles, nach Büroklammern. Aber da waren keine Klammern, kein Büro. Nur er.

Am Ende war es doch nur ein Traum, aus dem er nur langsam erwachte. Der Büroklammerntraum. Ein Traum, der ihn nicht verwunderte, bestand doch seine Arbeit im Notariat daraus, mit Büroklammern alte Schriften und Akten zusammenzuhalten. Er hatte zusammenzuklammern, was ansonsten auseinandergefallen wäre.

Es war drei Uhr nachts. Noch keine Zeit zum Aufstehen. Also weiterschlafen, weiterträumen. Welcher Traum wird ihn als Nächstes heimsuchen? Das fragte er sich nicht ohne Neugier. Er wartete in die Dunkelheit hinein.
Kein gutes Leben.

Oft wäre er gern ein anderer. Einer, der statt Büscheln aus Büroklammern Blumenbüschel betrachten durfte, etwas, das es im Büro dieses windigen Notars nicht gab. Buschwindröschen etwa. Die mochte er besonders. Er war hier in dieser Kanzlei nur vorübergehend angestellt, als Aushilfe für drei Monate. Das tröstete ihn. In Wahrheit liebte er Blumen und Blüten mehr als alte Verträge auf weißem Papier, die es zu schlichten und zu archivieren galt. Er hasste seine Arbeit. Wollte keine Akten ordnen, keine Bleistifte spitzen.

Die E-Taxistation, von der aus er zu seiner Arbeitsstelle fahren konnte, war zu Fuß in fünf Minuten erreichbar. Das war günstig. Er verließ auch heute, es war Dienstag, seine kleine Wohnung und ging los. Der Staat sorgte schon seit Jahren dafür, dass jeder Bewohner von Norland zu seinem 18. Geburtstag eine 40-m²-Wohnung bekam. Um einen sehr niedrigen, geradezu lächerlichen Mietbetrag. Jeder konnte sich das leisten. Svens Vater, Martin Mahler, hatte das Appartement neben seinem Sohn zugesprochen bekommen. Das war angenehm, verstand Sven sich doch gut mit seinem Vater. Beide waren sie eher verschlossen. Vater war Bauingenieur und verdiente wenig. Zusammen mit dem Grundeinkommen, das allen gleichermaßen zustand, kam er aber über die Runden.
    Sven arbeitete einmal hier, einmal dort, um sich zusätzlich zum Grundeinkommen etwas dazuzuverdienen. Er wollte einfach als Student ein wenig besser leben. Also Aushilfsarbeiten, also Notariat.
    Sven machte sich auf den Weg zur Taxistation. Mit jedem Schritt kam er der ungeliebten Arbeit näher. Da er früh dran war, beschloss er, einen kleinen Umweg über seine „Zauberwiese" zu

machen, einem Ort, an dem es viele Blumen und üppiges Grün gab. Er konnte die Primeln und Leberblümchen betrachten, die sich unverfroren durch die wenigen Schneereste kämpften. Erfolgreich. Solche Wiesen hinter den Häuserzeilen gab es viele in der Stadt. Ein Sieg über den Beton der früheren Jahre.

Sven legte sich ins kalte, feuchte Gras. Er sah Krokusse in aufmüpfigen Farben, lila Blüten, die den Schneeflecken zum Trotz ans Licht brachen. Und weiße Schneeglöckchen. Sie leuchteten mit ihrem Weiß frech aus dem Gras. Auch Schneerosen mochte er. Bald würden die Veilchen mit ihrem aufdringlichen Dunkelblau nachkommen.

Heute Morgen war da eine alte Frau, die ein wenig verschämt lächelte und sich über die Primeln beugte, viele pflückte, unzählig viele. In ihren Händen wuchsen die Blüten plötzlich. Tellergroße Blüten, groß wie Diskusscheiben. Ein riesiger Strauß Primel in grellem Gelb – ein Primelstrauß, viel größer als normalerweise Primelsträuße sind – verdeckte den halben Körper der gebrechlichen Alten. Sie klammerte sich an diesen Blumenstrauß, versuchte, die Blüten und Stängel zu halten, damit sie nicht auseinanderfielen. Sollte er ihr Büroklammern schenken, um die Blumen besser beisammenhalten zu können?

Während die Frau noch immer Blüten an sich raffte, sah Sven sich die gelben und blauen Büschel genauer an, die auf der abgesperrten Wiese durch die Erde brachen. Dem Himmel entgegen. Die einzelnen Blüten drängten sich zumeist zu sechst oder zu acht zusammen. Ganz eng standen sie beisammen, als ob sie auf diese Weise stärker leuchten könnten. Ein farbiger Erguss, der aus dem Erdreich nach oben an die Luft drängte wie Samen aus einer Eichel. Gelbe, weiße, lila Pflanzenbüschel, die sich dem Licht zuwandten. Die Blütencluster wurden für Sven zu Gruppen von Menschen, die im Foyer eines Theaters auf den Beginn des angekündigten Stücks warteten. Jedes Cluster eine Gruppe. Zu sechst, zu acht.

Die gelben, die Primeln, waren Mädchen aus dem nahen Gymnasium, deren Lehrerin sie ins Theater gelockt hatte. Sie standen eng beisammen, taten routiniert und ein wenig gelangweilt. Jede Schülerin ein Blütenblatt, die Lehrerin in der Mitte kaum größer als die Mädchen. Sie wagte es nicht, ihren Schützlingen die Kaugummis aus dem Mund zu nehmen.

Die blaulila Leberblümchen wurden für Sven zu einer Gruppe von alten Leuten mit vertrockneter Haut, vorwiegend Frauen, aus dem Pensionistenheim. Sie klammerten sich an ihre Führerin, aus Angst, verloren zu gehen im Menschentrubel. Manche hatten glänzende Ketten um den Hals. Wann sonst hatten sie schon Gelegenheit, sie zu tragen? Aber das fahle Lila, das sie verströmten, zeugte von fast fertiggelebten Leben.

Die weiße Blumengruppe, die auf der Wiese ganz in Svens Nähe wuchs, verwandelte sich in ein Knäuel junger Männer und Frauen aus der nahen Heilanstalt, die sich sichtlich freuten über die theaterabendliche Abwechslung. Wie Kinder freuten sie sich, rotwangig und aufgeregt. Man hatte die Männer in unbequeme Anzüge gesteckt. Die Frauen in hübsche Kleider. Das vom Regen rein gewaschene Weiß der Schneerosen spiegelte sich in ihren Augen.

Aber es gab auch verstreute, allein wachsende Blumen. Einzelne, vielleicht einsame Theaterbesucher, die ihr Smartphone nicht loslassen konnten, die aber mit einem Programmheft unter der Achsel signalisierten, dass sie bestens gerüstet waren für das Theaterstück, das da auf sie wartete.

Heute gaben sie *Der Traum ein Leben*. Ausnahmsweise ein altes Stück, das war in der Stadt sehr selten. Ausgerechnet *Der Traum ein Leben*. Für die Gymnasiastinnen langweilig, für die Pensionisten auf jeden Fall interessant, für die Pfleglinge aus der Heilanstalt unverständlich, aber faszinierend. Für sie wäre jedes Theaterstück ein Wunder gewesen. In ein paar Minuten würden sie staunen mit offenen Mündern.

Ein ehrgeiziger Radfahrer knirschte auf dem Schotterweg, der um Svens Zauberwiese führte, knapp an ihm vorbei und warf einen kurzen Schatten auf Sven. Er erwachte.

Die Wiese war plötzlich wieder nur ein großes Stück Rasen, ohne Leute in festlichen Anzügen, ohne Kaugummi kauende Mädchen, ohne Theaterbesucher.

Die alte Frau mit den tellergroßen Riesenprimeln entfernte sich langsam und schwerfällig, drehte sich noch einmal um und winkte Sven. Sie verschwand, wie sie gekommen war, in einem grauen Nebeldunst.

Da war kein Theaterfoyer mehr. Kein Stück vom alten Grillparzer.

Sven war auf dem Rasen eingeschlafen. Nichts war real gewesen, auch die Primelfrau nicht. Und *Der Traum ein Leben* war ohnehin nichts Reales. Kein Theater spielte Grillparzer. Es war wieder nur ein Traum gewesen. Ein Traum, der erst endete, als Sven auf die Uhr sah.

Er ging los. Und er dachte nach beim Gehen. Und träumte beim Gehen. Das machte er immer. Auch mit offenen Augen träumte er.

Sein Leben bestand zusehends aus Träumen. Die Büroklammern, das Theaterfoyer auf der Wiese, die Alte mit den Primeln, alles nur Illusionen und Visionen eines hartnäckigen Träumers. Es sollte ihm gelingen, die Füße auf den Betonboden der Realität zu stellen, aber es war nicht seine Art, sich in der Wirklichkeit zu verankern.

Die Morgenröte, die noch vor seinem kurzen Wiesenschlaf den Horizont in Rosa getaucht hatte, war verschwunden. Er wusste, dass sie vor einer Viertelstunde noch zu sehen gewesen war und dass sie in Orange, Türkis und vor allem eben in fahlem Rosa geleuchtet hatte.

Er beschloss, nach der Arbeit Primeln zu pflücken und klammerte sich an die Tatsache, dass er nur vorübergehend in diesem finsteren Notariat aushelfen musste. Danach würde er frei sein, vielleicht Blumen züchten. Wer weiß …

Er war bei der Haltestelle angelangt. Der Fußweg war zu Ende. Ein E-Taxi war leicht zu organisieren. Er brauchte nur den Arm auszustrecken, und schon hielt eines dieser Gefährte, die für sechs Insassen ausgelegt waren. Alle zwei Minuten fuhren sie, diese autonom gelenkten Gratis-E-Taxis, schon seit Langem, und sie überzogen die kleine Stadt Walberg mit einem dichten Netz von fast geräuschlosen Fahrzeugen. Die Leute konnten überall hingelangen mit ihnen. Es machte also nichts aus, als Sven einer der Wagen vor der Nase davonfuhr. Das nächste Taxi war schon da, und er setzte sich auf einen der freien Plätze. Früher waren die Menschen mit ihren eigenen Autos zur Arbeit gefahren, hatte ihm Vater erzählt. Die Wagen waren mit Benzin betrieben worden, eine verhängnisvolle Praktik. Sie war klimaschädlich und ineffektiv gewesen. Das jetzige System der Fortbewegung war einfach eleganter, in jeder Hinsicht. Sven kannte kein anderes. Benzinbetriebene Privatautos gab es für Liebhaber zu kaufen, aber sie waren rar und außerdem fast unerschwinglich. Wozu auch so etwas anschaffen?

Seine Arbeitszeit würde heute um zwei Stunden kürzer sein. Dienstags musste er zum GeZ17, immer dienstags. Seit Jahren. Dienstags, donnerstags, samstags. Die Tage konnte man sich selbst aussuchen.

Also nur zwei Stunden heute anstatt vier, ein kleiner Lichtblick für Sven. Und trotzdem musste er diese zwei Stunden im Notariat abarbeiten.

Das Studium, das er gewählt hatte, mochte er nicht. Medizinisches Management, das war ihm zuwider. Aber auf Vaters Anraten hin hatte er vor drei Jahren damit begonnen. Die Materie lag ihm nicht, sie war zu trocken für ihn.

Vater verdiente als Bauingenieur nur mittelmäßig, Da blieb für die Unterstützung seines Sohnes nicht viel vom Arbeitslohn übrig. Menschen in technischen Berufen wie Bauingenieure waren seit dem *Bruch* schlecht bezahlt, aber Pflegerinnen, Ärzte, Leute aus den medizinischen Breichen waren die am besten bezahlten. Auch die medizinischen Manager. Darum Vaters Wunsch, was Svens Studienrichtung betraf. Systemrelevante Berufe, nannte man das. Die Bezahlung war durchwegs sehr gut. Man hatte seit dem *Bruch* dazugelernt.

Sven arbeitete also im Notariat. Für den Chef. Akten schlichten für den Chef. Leben für den Chef? Die Welt außerhalb von

Svens Arbeitsstätte war längst digitalisiert. Die Stadtverwaltung hatte aber vor, ein Museum einzurichten: *Rechtsprechung damals*. Alte, verstaubte Akten aus allen Notariatsarchiven der Stadt mussten gereinigt und geordnet werden. Verkaufsdokumente, Anklageschriften, Patientenverfügungen, alles musste wiederbelebt werden für das Museum. Und Sven reinigte und ordnete mit Überdruss.

Manchmal wünschte er, sein mürrischer, egoistischer Chef würde ersticken in all diesen muffigen Schriften. Eines Tages würde er, Sven Mahler, seinen Vorgesetzten in vergilbte Akten einwickeln, bis nichts mehr von seinem Körper zu sehen war. Er, Sven, würde den Leib des unangenehm riechenden Chefs mit einem breiten, starken Kreppband zusammenschnüren, sodass er am Ende aussehen würde wie diese Gefangenen in manchen alten Kriminalfilmen, die man an einen Sessel gefesselt hatte. Er, Sven, wird seinen Chef so lange drangsalieren, bis der sich nicht mehr bewegen wird können. In eine im Gegenlicht fast zauberhafte, schwebende Altstaubwolke gehüllt, wird der Notar langsam und unter Qualen ersticken in all den zerknitterten, papierenen Seiten. Und es wird kein Traum sein. Kein Erwachen wird den unfreundlichen Mann wieder aus dem Totenreich holen.

Natürlich war das nur ein Traum. Wieder einmal ein Traum mit offenen Augen. Aber irgendwann würde es geschehen, dessen war er, Sven, sich sicher. Fast sicher.

Jetzt saß er also auf einem der sechs Plätze des E-Taxis und steuerte seinem Arbeitsplatz zu.

Widerwillig betrat er das Notariat.

Nach zwei Stunden Aktenabstauben trat Sven erleichtert ins Freie. Seine Vision vom Tod eines Tyrannen hatte er nicht vergessen, aber er wusste, dass dieser Erstickungsmord wohl niemals stattfinden würde. Niemals. Er war enttäuscht von sich. Wieder einmal enttäuscht von seiner Weichheit, seiner Feigheit.

Im Taxi Richtung GeZ setzte er sich auf den freien Platz bei der Tür, die sich pfauchend hinter ihm schloss. Es klang wie die Tür in einem Raumschiff in einem der älteren Science-Fiction-Filme. Er hatte den Platz neben der Tür gewählt, denn er wollte immer in der Nähe des Ausgangs sitzen. Man konnte nie wissen.

Die Fahrgäste waren wie immer mit den digitalen Flimmergeschichten beschäftigt, die man ihnen per Klick anbot. Man brauchte nur auf einen kleinen Knopf neben dem Sitz zu drücken, und schon fielen die ultraleichten Picture-Phones, die PPs, von oben auf die Leute herab wie früher die Sauerstoffmasken im Flugzeug. Wenn auch weniger lebenswichtig.

Sven verweigerte manchmal das Flimmerangebot. Aber er wusste, was es da alles zu sehen gab. Da gab es diverse Ausschnitte aus Filmen, wobei aber nur Komödien zur Verfügung standen. Schließlich wollte man die Menschen bei Laune halten. Je nach Interessenlage konnte man wählen zwischen Trailern von *Der Clown im Irrgarten, Die lustigen Vier* oder Science-Fiction-Movies. Auch Dokus konnte man sich anschauen. Über Wölfe in Norland, über die Nachteile der Atomkraft, über das Leben von Kabarettisten. Der letzte Schrei jedoch waren kurze Werbefilmchen, die zeitlich zwischen zwei Stationen der Taxis passten. Diese Werbungen erzählten kleine, in sich abgeschlossene Geschichten, das genügte den meisten Menschen. Längere Geschichten waren ihnen zu mühsam. Sven sah sich diese kurzen Movies auch ganz gerne an.

Auch Finanznachrichten, Wetterberichte, Werbungen, kurz gefasstes Aktuelles, das es aus dem Land zu berichten gab, konnte man mithilfe dieser PPs betrachten. Nachrichten aus anderen Ländern gab es nicht. Wozu auch? Die Menschen durften ohnehin nicht reisen und hatten das Interesse an fremden Ländern längst verloren.

Alles in allem waren diese PPs eine bahnbrechende Erfindung, ein Sieg der IT-Technik über die Wirklichkeit.

Richtige Bücher kannte Sven nicht. Nur digitale Übersetzungen, die man „Books" nannte. „Effektiv ist das allemal", dachte Sven. Man musste kein schweres Buch mehr mit sich herumschleppen, und die Auswahl an Heiterem, Lustigem, Herzerfrischendem war groß.

Sven erinnerte sich vage an eine alte Dame, die ihm, dem kleinen Buben, vor vielen Jahren aus richtigen Büchern vorgelesen hatte. Aber was war ein richtiges Buch? Vielleicht waren auch die Werbefilmchen mit ihren harmlosen Botschaften „richtige Bücher"? Musste es denn Papier und Druckerschwärze sein? Die alte Dame, die ihm vorgelesen hatte – war es seine inzwischen verstorbene Großmutter gewesen? Kaum dachte er an diese vertrauten Stunden zu zweit, war die Erinnerung auch schon wieder verflogen. Vielleicht war es ja auch nur ein Traum. Ein Traum aus vergangenen Zeiten.

Jetzt, in diesem Moment der Gegenwart, saß Sven in einem E-Taxi in der Stadt Walberg, der Hauptstadt des Kreises Sonnwald, im Westen Norlands, ohne dass jemand ihm vorlas, und beobachtete die Menschen um sich herum. Die Fahrgäste nahmen das Angebot an Flimmerstorys, die ihnen per Knopfdruck geliefert wurden, gerne an. Auch Sven tat das meistens. Es war bequem und entspannend, manchmal langweilig. Mitunter war er skeptisch.

„Woche für Woche, jahraus, jahrein hängen wir alle an diesen Bildschirmen und starren gebannt auf virtuelle Geschichten aus einer virtuellen Welt", grübelte Sven. „Wir haben das Rettungsseil zur Wirklichkeit gekappt."

In Svens gegenwärtiger Welt gab es keine Bücher aus Papier. Das Drucken dieser Artefakte war eine veraltete Technik. Seit etwa zwanzig Jahren war alles digitalisiert worden, was nach dem *Bruch* veröffentlicht worden war. Für die Zeit davor gab es kaum brauchbare Unterlagen. Die älteren Leute, auch Svens Vater, sprachen zwar manchmal von einer Zeit, in der es Bücher gab, aber die Jungen hörten ihnen nicht zu. Was ging sie die Vergangenheit mit ihren Umständlichkeiten an? Außerdem war für die älteren Bürger von der Regierung die Empfehlung ausgesprochen worden, nur wenig oder besser gar nichts von der Zeit vor dem *Bruch* zu erzählen. Es würde nur Unruhe schüren.

Die Leute mochten die längst bewährten digitalen Books. Viele der Inhalte dieser Books konnte man wohl der Fachliteratur zuordnen. Manche Menschen, die zu ihrer Arbeitsstätte einen langen Fahrweg hatten, machten im Lauf der Monate in E-Taxis, Bussen oder Schwebebahnen sogar eine fundierte Berufsausbildung.

Richtige Literatur – Romane, Erzählungen – fand sich manchmal auch auf den PPs, aber nur von zeitgenössischen Schriftstellern und nur leichte Kost. Die Sujets der alten Texte waren oft zu dramatisch, zu ernst. Das mochten die Menschen nicht. Auch außerhalb der Busse und Bahnen, in den Bookshops, suchte man vergeblich nach der digitalen Ausgabe eines Goethe oder eines Molière, eines Rilke oder eines Heinrich Heine. Namen, die Sven von seinem Vater gehört hatte. Es war fast unmöglich, einen Text der alten Meister zu ergattern.

„Die Vergangenheit ist uns entwischt", stellte Sven fest.

„Wir haben die Zeit verloren. Wir haben uns verloren. Aber es geht uns gut. Das sagen alle."

Sven war beim GeZ angelangt. Wie jeden Dienstag, Donnerstag und Samstag ging er hier seit seiner Kinderzeit zu seinem Betreuer, der ihn behandelte. Es dauerte nicht lange. Die Betreuer waren routiniert und verrichteten ihre Arbeit schon seit zwanzig Jahren. Verlässlich und genau.

Nach fünf Minuten war er wieder draußen und beschloss, mit der Schwebebahn heimzufahren. Er benützte die Schwebebahn immer dann, wenn er nachdenken wollte. Also oft. Die Linie 2 dieser Bahn war erst vor einer Woche fertiggestellt worden, es fehlten noch die Anschlüsse für die herabfallenden PPs. Das bedeutete, dass nur wenige Leute mit dieser Bahn fuhren, und dass absolute Ruhe herrschte. Unterhaltung war nicht üblich, also hatte Sven die Möglichkeit nachzudenken. Er fuhr mitunter sogar zwei oder drei Runden mit der Linie 2, es kostete ja nichts.

Die erste Station der Schwebebahn nach dem GeZ war der sogenannte „Trödelmarkt". Man konnte da altes Zeug, Krimskrams aus der Zeit vor dem *Bruch* billig erwerben. Alte Flaschen, antike Schmuckstücke, Hüte, Perlenketten gab es da. Sven konnte das Treiben am Markt von der höher schwebenden Bahn aus gut beobachten. Er brauchte nur seinen Blick nach unten zu richten.

Manchmal waren viele Leute beim Einkaufen oder auch nur beim Schlendern zu sehen. Heute nicht. Der Markt hatte bald nach seiner Eröffnung seinen Reiz verloren. Man machte sich nichts aus alten Sachen, und digitale Geräte gab es hier nicht zu kaufen.

Sven sah einen kleinen Buben, der bei einem der Stände verharrte, als ob er aus Stein gemeißelt wäre. „Worauf blickt er?", wunderte sich Sven. Er erkannte es in ein paar Sekunden. Der Bub schaute gebannt auf einen großen Teddybären aus Plüsch. So etwas hatte er bestimmt noch nie gesehen. Noch nie. Diejenigen Kinder, die Sven kannte, und das waren nur zwei, spielten üblicherweise mit Notebooks, mit kleinen E-Autos oder mit automatisch angetriebenen kleinen Motorrädern. Einen Teddybären kannten die Kinder nicht. Nein, den nicht.

Svens Vater hatte erfahren, dass die Marktbetreiber in letzter Zeit einen Trick anwendeten, um Käufer anzulocken. Sie stellten menschliche Attrappen auf, völlig naturgetreu, um damit den Eindruck großer Betriebsamkeit und Beliebtheit zu erwecken. „Wo Leute sind, gehen Leute hin", dachten sie, aber die Rechnung ging nicht auf. Die Menschen wollten kein Gedränge, in dem sie sich womöglich berühren könnten. Berührungen waren seit zwanzig Jahren, seit dem *Bruch*, unüblich und auch nicht zu empfehlen. Als Sven mit der Schwebebahn über den Markt fuhr, konnte er diese Attrappen sehen, von denen sein Vater gehört hatte. Es war lächerlich und traurig zugleich. In den beliebten Shows, die auch er sich daheim oft und gerne ansah, wendete man ebenfalls solche menschenähnlichen Attrappen an. Der Eindruck eines vollen Zuschauerraums erfreute und beruhigte die Zuseher an den Bildschirmen. Wer sieht schon gerne eine Show ohne Publikum? Man hätte den Eindruck, die Menschheit sei im Aussterben begriffen, oder? Also Attrappen. Quiz und Shows machten den Großteil des Programms aus, und wenn die Leute sich nach der Arbeit daheim zu den wandgroßen Bildschirmen setzten, wollten sie einfach unterhalten werden. Das war verständlich.

Sven dachte nach in seiner Schwebebahn. Er fand keine Meinung zu all dem.

Eine Asiatin stieg in den Waggon ein. Mit einer Siamkatze in einem bläulich glitzernden Katzenkorb. Die Frau setzte sich mit ihrem Tier Sven gegenüber, was ungewöhnlich war. Die meisten Reisenden setzten sich auf leere Plätze ohne Gegenüber. Die Siamkatze starrte ihn, Sven, unverwandt an. Desgleichen die Katzenhalterin. Es fühlte sich an, wie wenn Asiatin und Siamkatze, die sich ungemein ähnlich sahen, etwas von ihm wollten. Sie erwarteten etwas, aber was? Gleichzeitig war der Blick der beiden strafend. Es sah aus, als würden sie Sven aufs Strengste rügen.

Im nächsten Moment tauschten die Katze und die Frau einfach ihre Gesichter aus. Die Asiatin musterte Sven aus dem Korb heraus, und die Katze saß fordernd auf dem Sitz gegenüber. Dieser Gesichtswechsel dauerte aber nur einen Moment lang, vielleicht drei Sekunden.

„Wieder einmal eine Traumillusion, diesmal im Wachzustand", glaubte Sven und sah zum Fenster hinaus. Er konzentrierte sich und merkte deutlich, dass er wach war und dass das, was sich da vor seinen Augen gerade abgespielt hatte, durchaus real war. Oder doch nicht? Sven wusste es nicht.

Bei der nächsten Station stiegen die beiden aus. Katze und Asiatin waren weg.

Sven aber fuhr weiter, es kostete ja nichts. Und er dachte nach. Über die Digitalität, über Bildschirme, über seinen Chef, über das GeZ, über die bücherfreie Welt, und auch darüber, dass er seine Mutter verloren hatte.

Nach zwei Stunden war er daheim und schaltete den Fernseher ein. Wieder eine Quizsendung, bei der es kein Publikum gab. Attrappen saßen auf den Rängen. Künstlich wurde Applaus eingespielt. Die Menschen waren verschwunden. Oder vielleicht zu Attrappen geworden?

Sven schlief auf dem Sofa vor dem Fernseher ein. Das passierte ihm oft.

Am nächsten Tag war er zum Frühstück bei seinem Vater eingeladen. Sie plauderten über Belangloses. Vage meinte Sven zu erkennen, dass Vater ihm etwas sagen wollte. Martin Mahler schaute seinen Sohn kaum an, redete schneller als sonst, sprach von der ewig gleichen Routine bei seiner Arbeit, auch über die Isolation, wenn er im Homeoffice arbeiten musste, und das war meistens der Fall. Der Bildschirm war alles, was ihm geblieben war.

„Bist du zufrieden mit deinem Studium, Sven?"

Sven war überrascht. Das hatte Vater ihn noch nie gefragt. Bis zu diesem Moment hatte er wohl nie daran gezweifelt, dass das Medizinische Management für seinen etwas verschlossenen Sohn das Richtige wäre.

„Ja, ja, Vater, es passt schon. Nicht immer ist alles einfach, aber im Großen und Ganzen … na ja …", stotterte er mit rotem Kopf.

„Du kannst auch etwas anderes studieren. Es gibt BWL, Solarenergieplanung, Windradtechnik, IT-Technik mit all ihren Nebenzweigen …"

„Nein, nein, Vater. Ich mach' schon", unterbrach Sven ihn.

Aber Vater war nicht zu bremsen.

„Elektrotechnik oder Raumfahrtphysik wäre doch vielleicht auch etwas für dich, Sven. Es gibt innovative Projekte auf dem Gebiet des Wasserschutzes oder in der Werbebranche. Vielleicht interessiert dich so etwas? Du musst auch gar nicht studieren. Mit dem Grundeinkommen geht es sicher auch anders."

„Nein, Papa, es läuft alles gut."

Er hatte seinen Vater schon lange nicht mehr mit „Papa" angesprochen.

Dass all diese Studienrichtungen, die Martin Mahler seinem Sohn vorschlug, erforderten, dass man zu Hause Ruhe hatte und die Aufmerksamkeit völlig auf den Bildschirm konzentrieren konnte, war Sven klar. Und er hatte diese Ruhe. Es gab keine Hochschulen mehr, von denen Vater ihm erzählt hatte. Die jungen Leute waren früher dicht gedrängt in einem sogenannten Hörsaal gesessen und hatten mitgeschrieben, was der Professor vorne erläuterte. Eine sehr ineffektive Methode, an Wissen zu kommen. Heute war das Gott sei Dank ja besser geregelt. Man brauchte nichts anderes als einen guten Computer und Sitzfleisch. Nur manchmal, da wünschte Sven sich Menschen oder auch nur einen Freund, mit dem er sich hätte austauschen können. Seine Traurigkeit entsprang wohl dieser Einsamkeit. „Aber es geht mir gut", versuchte er sich selbst zu überzeugen.

„Es ist alles gut, Vater."

Und weg war er, auf dem Weg zu seiner Aushilfsarbeit im Notariat.

Nach Fußweg und Taxi war Sven grübelnd beim Notar angelangt. Die Arbeit verlief ereignislos, der Chef schimpfte über die seiner Meinung nach zu langsame Aufbereitung der Unterlagen. Alles war wie immer.

Ereignislos.

„Es ist immer dasselbe", dachte Sven resigniert und wünschte sich ein besonderes Erlebnis. Ein Erlebnis, das ihn aus seiner Lethargie holen könnte.

Zunächst gab es da aber immer nur das Gleiche. Fahrt zum Arbeitsplatz. Akten ordnen. Nach der Arbeit die Fahrt zum GeZ. Heute nicht. Es war Mittwoch. Die Fahrt mit Taxi oder Schwebebahn nach Hause. Fast immer TV für ein paar Stunden. Schlafen.

Manchmal erlebte er in seinen Träumen Aufregendes oder auch Irritierendes. Aber das war's dann.

Er war unzufrieden, wusste aber nicht so recht, warum. Die Leute und auch er waren bestens versorgt mit Grundeinkommen, mit Krankenversicherung, mit Wohnraum. Die Gehälter waren nach oben beschränkt Es gab fast keine Superreichen mehr, und niemand musste betteln gehen. Die Gesundheit aller war oberstes Ziel. Also warum die Unzufriedenheit?

Auch heute entschied er sich nach der Arbeit für die Schwebebahn. Es gab so wenige Fahrgäste, dass niemand gezwungen war, einem anderen nahezukommen. Niemand sprach. Wie immer. Es war still im Waggon.

Die Siamfrau war heute nicht im Zug. Auch ihre Katze nicht.

Sven wusste, dass es ein paar junge Aufmüpfige gab, die sich, entgegen den Gepflogenheiten im Land, manchmal in der realen Welt trafen und nicht nur auf Bildschirmen. Sie benützten kaum ihre Smartphones, sprachen lautstark miteinander, tranken trotz der staatlichen Empfehlung zur Abstinenz ein Glas Wein miteinander, umarmten einander zum Abschied. Diese „Aussteiger" konnte Sven wieder einmal unter der Schwebebahn von oben beobachten. Es gab da einen großen Park mit hölzernen Tischen. Dort trafen sich die „Aussteiger" gerne. Ernst nahm Sven diese Leute nicht. Dass er ein wenig fasziniert war von diesen lauten, lachenden Menschen, gestand er sich selbst nicht ein. Vielleicht fuhr er unter anderem deshalb so gerne mit der Schwebebahn. Er konnte den jungen Leuten beim Leben zusehen. Vielleicht sollte er so etwas auch einmal ausprobieren? So ein „freies" Leben. Ein wenig unheimlich war das aber schon ...

Sein Schlaf war schwer und traumreich, aber am Morgen wusste er nicht mehr, was er geträumt hatte. Es war wohl gut so.

Am nächsten Tag musste er, wie jeden Donnerstag, wieder zum GeZ17 fahren. Also zwei Stunden weniger Arbeit, zwei Stunden weniger Chef.
    Er saß wie so oft im E-Taxi und sah Werbefilme. Das Taxi war voll besetzt.

Beim nächsten Stopp stürmte im letzten Moment ein junges Mädchen in den Wagen. Es gab keinen freien Platz mehr, daher setzte sie sich mit einem Lachen kurzerhand einfach auf den Boden neben Sven, da war Platz. Viel zu nah bei ihm, viel zu nah. Es wäre auch neben den anderen Passagieren auf dem Boden Platz gewesen, aber die junge Frau setzte sich nun einmal zu Sven. Auf der Stelle wurde er rot. Er war noch nie einem Mädchen nahegekommen. Wagenführer gab es keinen, der den zusätzlichen Fahrgast hätte zurechtweisen oder hinauswerfen können, das Auto fuhr autonom. Also schimpften stattdessen die Fahrgäste, weil die junge Frau sich einfach in den Wagen gedrängt hatte, obwohl er doch schon voll war. Die Leute vergaßen sogar ihre PPs, mit denen sie sich ihre Science-Fiction- und sonstigen Filme ansahen, und keiften böse. Aber nicht lange. Der Film war wichtiger.

Sven sah das Mädchen von der Seite an. Nur eine Sekunde. Ob sie ihm gefiel, das konnte er so schnell nicht sagen. Gleich wandte er seinen Blick wieder ab. Aber so viel sah er: Ihr langes, lila gefärbtes Haar war hochgesteckt, ein Nest aus Haaren auf ihrem Kopf.

„Gleich wird ein Rotkehlchen dieses Nest anfliegen", dachte Sven.

Ein Luftzug vom Flügelschlag des Vogels wird ihn, Sven, treffen. Die Kleidung des Mädchens war auffallend. Sie trug eine geblümte kurze Hose, trotz der Frühlingskühle, silberfarbene Sneakers, und ein mohnrotes T-Shirt.

Die junge Frau roch nach Seife und intensiv nach Zitrone. Keine teure Seife, nein. Eine aus dem Supermarkt, um 0,99 Euro, aber mit Zitronenduft. Den mochte Sven. „Kann sein, die Seife, mit der sie sich wäscht, ist gänzlich geruchlos", dachte Sven. „Und dieses Mädchen hat vielleicht nur vor Kurzem in einem griechischen Olivenhain geschlafen, unter dem einzigen Zitronenbaum, den es dort gegeben hat. Das konnte eigentlich nicht sein, denn Reisen war schon lange untersagt. Ausgenommen waren nur Geschäftsreisende. Unter einem Zitronenbaum muss sie aber gelegen sein, in der Mittagshitze, wo auch immer. Sie hat den Geruch aufbewahrt, sie hat ihn sich zu eigen gemacht."

Sven wollte sagen:

„Du liegst gern unter einem Zitronenbaum, nicht wahr?"

Aber das schaffte er nicht. Er blieb stumm.

Nochmals riskierte er einen Blick und sah eine Narbe auf ihrem Hals. Sie war hell wie ihre Haut, aber nicht wegzuleugnen. „Muss eine tiefe Wunde gewesen sein." Fast hätte Sven sie gefragt: „Woher ist diese Narbe?", getraute sich aber nicht.

Wer weiß, was diesem wilden Mädchen unter dem Zitronenbaum widerfahren war? Vielleicht der Liebesbiss eines weißen Einhorns?

Sven versteckte sich hinter seinem Smartphone und spielte auf unsichtbar. Das Mädchen sah ihn auffordernd an.

„Was machst du da? Hast du immer diesen ‚Nie-da-Apparat' bei dir?"

„Äh ... Ich verstehe nicht."

„Weißt du, dass du jedes Mal, wenn du dein Smartphone zückst und da drauf starrst, nicht da bist, wo du bist? Du bist nie hier, nie an dem Ort, wo du gerade mit deinem Körper bist. Du bist immer woanders, kontaktierst Leute, die weit weg sind. Du siehst die Mitreisenden nicht und auch nicht die Bäume neben der Straße. Schau, wie sie knospen!"

Sven fand keine passenden Worte. Er war verwirrt.

„Leg es weg, das Ding. Sprich mit mir."

„Und was?"

„Was dir einfällt."

Sven wurde wieder rot. Ihm fiel beim besten Willen nichts ein. Eine Pause entstand. Er war es nicht gewohnt, mit Fremden zu sprechen. Niemand tat das. Doch mit diesem Mädchen war die entstandene Pause nicht unangenehm, im Gegenteil. Sven hatte das Gefühl, dass er mit der jungen Frau schweigen könnte, wann immer sie das beide wollten.

„Steigst du auch bei der nächsten Haltestelle aus?", fragte ihn die nach Zitronen duftende junge Frau. Er nickte nur, das Taxi hielt, und schon waren sie draußen, schlugen die gleiche Richtung ein. Zum GeZ17.

Das Mädchen sah ihn fast unverschämt direkt an:

„Ich bin Jana. Und du?"

„Sven", war alles, was er zu sagen imstande war. Dann trennten sich ihre Wege.

Er war wieder im harten, rauen Hohlweg der Wirklichkeit gelandet. Links und rechts Erdwände, die den Blick auf das Leben außerhalb verdeckten.

Was war er denn anderes als ein schüchterner junger Mann, den ein schönes, verrücktes Mädchen angesprochen hatte? Nichts weiter war er.

Im GeZ17 war es wie immer.

Um nach Hause zu gelangen, nahm er wieder, wie so oft, die Schwebebahn. Diesmal hatte er vor, mindestens zwei volle Runden zu fahren. Und er wollte wie immer nachdenken dabei.

Nicht über das Mädchen Jana. Er würde sie wohl nie wiedersehen. Wozu also über sie nachdenken. Eines aber ging ihm nicht aus dem Kopf: Er selbst war immerzu nett, sanft, scheu. Dieses Mädchen war nicht nett, nicht sanft, nicht scheu. Sie war wild. Mitunter wollte Sven auch so sein wie sie. Einfach unsanft, unnett.

Er dachte über sein Studium nach und das Gespräch mit seinem Vater von gestern Früh fiel ihm ein. Sollte er die Studienrichtung wechseln? Was Vater vorgeschlagen hatte, gefiel ihm genauso wenig wie das Medizinische Management, über dem er derzeit brütete. Da wäre ihm doch eine Ausbildung als Krankenpfleger lieber, das erachtete er als sinnvoll für sich. Und bezahlt würde er als Systemerhalter auch besonders gut werden. Vater wünschte sich aber wohl eine intellektuelle, technische Tätigkeit für seinen Sohn. Alte und Kranke zu pflegen, erachtete er wahrscheinlich als unpassend. Schließlich war er selbst ja Bauingenieur. Ein Beruf, bei dem man Grips brauchte. Viel zu verdienen gab es dabei aber nicht.

Wenn er tun könnte, was er wollte, dann würde er, Sven, Archäologie oder Fremdsprachen oder Literaturwissenschaft studieren. Unnötiges also. Aber warum „Wenn er tun könnte, was er wollte?" Konnte er nicht alles tun, was ihm in den Sinn kam? Ohne Rücksicht auf Vater?

Als die Bahn bei der Station GeZ14 hielt, erstürmten sechs Schulkinder mit ihrem Lehrer den Waggon. Die Kinder redeten durcheinander, lachten laut, berührten einander ohne Scheu und ohne schlechtes Gewissen. Der Lehrer wies sie nicht zurecht. Er lächelte nur vor sich hin.

Als die Meute bei der nächsten Station die Bahn schnatternd verließ, meinte Sven, geträumt zu haben. Es war wie ein kurzzeitiges Kapern eines Schiffes gewesen. Durch Kinderpiraten. Dass es so etwas gab in Walberg?

Es war wieder still im Waggon.

Als er bei seinen Runden zum zweiten Mal über dem großen Park schwebte und die „Aussteiger" an ihrem Tisch sitzen sah, dachte

er plötzlich, dass er doch eigentlich einfach im Notariat kündigen könnte. Ein Leben ohne den Notar schien ihm das Reizvollste, was er sich derzeit vorstellen konnte. Kündigen? Vorzeitig?
Er war noch nicht so weit.

Nachts besuchte ihn wieder einmal ein Traum. Jana schlief im Schatten eines Olivenbaums, bis der junge, schöne Gott Apoll sich ihr näherte und ihr zwei Zitronen als Geschenk überreichte. Die Szene war begleitet von Anton Karas' Zithermusik aus dem Film *Der dritte Mann,* den Sven einmal heimlich angesehen hatte. Heimlich deshalb, weil der Film ernst und alt war. So etwas anzuschauen, das war nicht gern gesehen. Jetzt, in seinem Traum, war es Gott Apoll selbst, der diese Melodie mit einem zarten Lächeln summte. Jana schnitt die erste Zitrone auseinander, Milch und Honig flossen aus ihr. Aus der zweiten Zitrone sprangen winzig kleine Clowns, die immer größer wurden und sich schließlich fliegend in der warmen Luft verteilten. Dabei lachten sie wie verrückt. Lachten sie jemanden aus? Auch Jana lachte, lachte sehr laut. Es war Svens eigenes fast hysterisches Lachen, das um vier Uhr früh seinen Traum und seinen Schlaf zersplittern ließ.
Er wachte auf und war erleichtert. Nur ein Traum. Und mit Träumen kannte er sich aus.

Am Samstag, als er zum GeZ fuhr, hoffte er, im Taxi auf Jana zu treffen. Sie war nicht hier. Er war enttäuscht. Aber was hatte er denn erwartet?

Bei der Heimfahrt vom GeZ ließen ihn die Gedanken über sein derzeitiges Studium und die Alternativen dazu nicht los. Schließlich hatte Vater bei jenem morgendlichen Gespräch angedeutet, dass er einen Wechsel der Studienrichtung verstehen würde.
Was ihm schon immer gefiel, war die Archäologie. Aber man war im ganzen Land bestrebt, die Vergangenheit wegzuschieben und lieber „mit Zuversicht in die Zukunft zu schauen". Das Problem beim Studium der Archäologie war außerdem das Reisen.

Ausgrabungsstellen lagen nicht um die Ecke. Reisen war aber „nicht zu empfehlen", um nicht zu sagen „untersagt". Sven war mit diesem „Reiseverbot" aufgewachsen. Es war ihm selbstverständlich. Aber ohne Reisen keine Archäologie. Punkt.
Fremdsprachen hätten Sven auch gefallen. Doch solch ein Studium wurde gar nicht angeboten. Niemand sprach in der realen Welt mit einem fremdsprachigen Menschen, weil niemand aus dem Land hinaus oder ins Land hereindurfte. Im virtuellen Raum kamen andere Sprachen schon ab und zu vor, aber ohne Aufenthalt im jeweiligen Land war das Erlernen der dortigen Sprache fast unmöglich.
Also keine Archäologie, keine Fremdsprachen.

Architektur, das hätte Sven auch gefallen. Das wäre eine Studienrichtung gewesen, die ein wenig technischer war als Archäologie und Fremdsprachen, seinem Vater also mehr entgegenkam. Kolossale große Bauten zu errichten, in denen er selbst sich kolossal und groß fühlen könnte, das hätte schon seinen Reiz gehabt. Aber auch kleine Gartenhäuser zu gestalten, wäre befriedigend gewesen. Gartenhäuser mit vielen Blumen vor den Fenstern und Lebkuchen als Verputz.
Sven war auf seiner Schwebefahrt über jenem Gebäudekomplex angelangt, der zwar ein schon altes Fundament hatte, der aber völlig neu und aufregend renoviert worden war. Das Gebäude beherbergte seit Kurzem das GeZ13. Es war ein gutes Gefühl, über diesem Riesenhaus zu schweben. Ähnliches könnte er doch als Architekt auch auf die Welt bringen, oder?
Auf dem Dach des GeZ13 war ein riesiges Buch aus Beton zu sehen, eine Erinnerung daran, dass das Gebäude einmal eine Bibliothek gewesen war. Manche in der Verwaltung hatten dieses Betonbuch nicht gewollt. Entsprach es doch nicht dem Grundsatz, nur „vorwärtszublicken". Bücher waren einfach vorbei. Man brauchte nicht an sie zu erinnern.
Es gab ja Gerüchte, dass das GeZ13 ganz tief unten einen Keller hätte, der voll war mit Büchern, nicht mit Books. Mit richtigen papierenen Büchern. Beim Restaurieren des Hauses hätte man

die vielen, verstaubten Buchbände einfach in den Keller geschafft. Aber das waren Gerüchte. Sven glaubte nicht daran.

Als die Schwebebahn über dem großen Park mit den jungen Leuten dahinglitt, sah Sven nur die zwei Holztische, aber keine „Aussteiger". Sie waren einfach weg. Würden sie wiederkommen? Sven hatte das Gefühl, dass sie nie mehr an diesen Tischen sitzen, lachen, trinken und flirten würden. Nie mehr.

Ein Fahrgast stieg zu. Der Kerl war groß, bullig, fast furchterregend. Er setzte sich nicht weit von Sven mit einem Ächzen nieder. Und er sprach ohne Unterlass, ohne dass ihn jemand dazu aufgefordert hätte, von seinem sehr anstrengenden Tag als Pfleger. Laut jammerte er vor sich hin. Sven verstand das nicht ganz. Auf einen Pfleger kamen seit Kurzem nur vier zu Pflegende, meist alte Leute. Eine Ärztin hatte nur zwei Menschen zu behandeln, die einen Haushaltsunfall, einen Sportunfall oder Ähnliches hatten. Die Zahl der Unfallopfer war gering, das wusste Sven. Schließlich fuhr niemand mehr mit einem Privatauto. Ab und zu gab es einen Unfall mit den autonomen Taxis, die noch immer nicht perfekt funktionierten. Mitunter auch einen Haushaltsunfall oder einen Sportunfall. Die Zahl der Alten, die gepflegt werden mussten, war etwas größer als die der Verunfallten.

Jedenfalls war der Beruf des Pflegers sehr gut bezahlt und Sven verstand das Jammern des Kolosses ihm gegenüber nicht.

Er schwieg. Was sollte er schon zu einem Gespräch beitragen?

Der Mann redete weiter. Es war ungewöhnlich, dass Menschen in der Öffentlichkeit einen Gesprächspartner suchten, aber dieser hier …

„Haben Sie das GeZ13 gesehen, junger Mann? Also, ich finde es ganz großartig. In letzter Zeit sind so viele neue Gesundheitszentren gebaut worden, nicht wahr? Und eine Bibliothek, wie das GeZ13 einmal eine war, mit papierenen Büchern – wer braucht das schon? Die Books sind doch viel handlicher, oder?"

Der Bulle beendete fast jeden Satz mit einem Fragezeichen.

Sven schwieg.

„Bibliotheken zu Gesundheitszentren umzubauen, das ist doch eine gute Idee, nicht wahr? Unsere Gesundheit, die haben wir doch nur, weil es so viele Zentren gibt, oder? Schließlich gibt's überhaupt keine Krankheiten mehr. Das ist doch was, junger Mann, oder? Wer behauptet, die Zeiten seien früher besser gewesen als heute, der irrt sich. Die gute, alte Zeit gibt's nicht. Die gute Zeit ist jetzt, oder?"

Sven hörte zu, sagte aber nichts. Ja, es stimmte. Seit dem *Bruch* vor zwanzig Jahren gab es keine Krankheiten mehr. Unfallopfer mussten behandelt und alte Leute gepflegt werden, ja, aber keine Kranken. Sven wusste, dass die „Gabe des Lebens", die er und alle anderen dreimal die Woche im GeZ bekamen und die von manchen scherzhaft „Immunschnaps" genannt wurde, schon vor zwanzig Jahren eine unerwartete „Nebenwirkung" gezeigt hatte. Die braune Flüssigkeit, die die Menschen in den GeZs gegen die Seuche bekamen, bewirkte auch, dass niemand mehr krank wurde. Niemand musste Schmerzen ertragen, niemand an Krebs sterben, wie das früher der Fall war. Vor allem der Krebs. Man war der Medizin dankbar, sehr dankbar.

Gegen Unfälle war selbst der braune Sud wirkungslos. Es war der Mensch, der Unfälle baute.

Und die Alten? Ja, wenn sie nicht mehr für sich selbst sorgen konnten, zu gebrechlich waren, dann pflegte man sie sorgsam und mit viel Zuwendung. Es gab sogar ein besonderes Service. Wenn der Körper eines Pfleglings sich zur Ruhe setzte, dann konnte das Sterben auf Wunsch beschleunigt werden. Mit einer soliden Portion Opium, gemischt mit reinem Cannabis und Kokain, konnte jeder, wenn er denn wollte, in Frieden und unter Glücksgefühlen sterben. Und es wollten viele.

Den Tod hatten zwar das Land und die Welt noch nicht besiegt, aber die Menschen machten das Beste daraus.

Dass jeder Bewohner von Norland dreimal die Woche zum GeZ musste, um sich das braune Mittel geben zu lassen, war das einzig Unangenehme, das einzig Störende. Und Sven wusste auch schon lange – er hatte als Kind bereits seinen Arzt gefragt – ‚dass es nicht möglich war, das Mittel gegen die Seuche und alle anderen Krankheiten einfach zu Hause einzunehmen. Es musste, um frisch zu bleiben, in einer Zentrifuge mit niederer Drehzahl gehalten werden, und das konnte beim besten Willen niemand daheim bewerkstelligen.

Sven beschloss, den Schwergewichtsboxer, der als Pfleger arbeitete, nicht weiter zu beachten und seinen Gedanken weiter nachzuhängen.

Die letzte Studiermöglichkeit, die ihm während der zweiten Runde mit der Linie 2 einfiel, war Literatur. Aber sich damit zu befassen, wäre reizlos gewesen, weil die alten Werke nicht mehr verfügbar waren. Alles seit dem *Bruch* Geschriebene war digitalisiert worden, aber eben nur das. Dabei war eine Menge verloren gegangen. Der oberste Bildungsrat meinte, dass das Befassen mit alten Texten ohnehin nichts brächte. Man empfahl eindringlich, nur neuere Komödien mit dem Smartphone zu lesen, anstatt sich mit der oft schwierigen Problematik der alten Werke zu befassen. Es wäre außerdem gefährlich, was auch immer das bedeutete.

Man „empfahl". Wie so oft. Kein striktes Verbot, doch wer diese Empfehlung oder auch eine andere missachtete, wurde auf empfindliche Weise „bestraft". Die BfO, die Behörde für Ordnung, band dem Zuwiderhandelnden für ein paar Tage eine feine, fast nicht sichtbare Kette ums Handgelenk. Eine Handfessel, die bewirkte, dass der Träger dieser „kostbaren" Kette kein Smartphone, kein PP, keinen Laptop, kein Notebook, einfach nichts mehr bedienen konnte. Wenn der Betroffene es probierte, wurde der Bildschirm einfach schwarz. Je nach Schwere des Vergehens dauerte der Rausschmiss aus der elektronischen Welt drei oder fünf oder auch dreißig Tage. Für den, der das erdulden musste, eine Qual.

Natürlich wussten alle, dass in der BfO gescheite, gebildete Leute saßen, die nur eines im Sinn hatten: Das Wohl und die Sicherheit der Bevölkerung. Nur wenige fanden das aufdringlich oder unangenehm, die meisten waren froh über diese Kontrollfunktion des Staates. Wenn man nichts zu verbergen hatte, konnte einem ohnehin nichts passieren. Also warum nicht?

Die Menschen waren im Großen und Ganzen vernünftig und hielten sich an die staatlichen Empfehlungen. Auch Sven hielt sich daran. Er wollte nicht „bestraft" werden für sein Interesse an alter Literatur, sollte er denn das Studium der Literaturwissenschaft wählen. Außerdem hatte Sven keine Idee, wie er an ältere literarische Werke herankommen hätte können, wie er das anstellen hätte sollen. Wie hoch die Dunkelziffer der Leser alter Schriften war, wusste Sven nicht, aber er vermutete, dass nur wenige die Empfehlung missachteten.

Der Bullige redete noch immer. Ohne Pause. „Ein seltsamer Zeitgenosse", dachte Sven.

Nach der dritten Runde mit der Schwebebahn hielt Sven wie so oft Ausschau nach dem traumhaft schönen Palais, das jetzt das GeZ14 war. Sein Vater hatte ihm erzählt, dass in diesem Palais einst eine Malakademie und eine Gemäldegalerie untergebracht waren. Die Originalgemälde waren seit Langem verschwunden, einfach weg. Ob sie verkauft oder irgendwo archiviert oder verloren gegangen waren, das wusste Sven nicht. Sein Vater meinte, dass der Oberste Rat denen, die das sehr wohl wussten, empfohlen hatte, nicht darüber zu reden, und die hielten sich daran. Auch sein Vater. Na gut. Die Angst vor der „Bestrafung" bei Nichteinhalten dieser Empfehlung war wohl zu groß. Das konnte Sven verstehen.

Die Gemäldegalerie war umgewandelt worden in ein Karikaturenmuseum, in das sehr selten Leute kamen, um ein wenig zu lachen.

Die Malakademie, die ebenfalls einst im Palais untergebracht gewesen war, war verkommen zu einer Nachmalschule. Wer wollte, konnte dort alte Meister, die man digital oder in Katalogen sehr wohl noch ansehen konnte, auf Leinwand nachmalen. Aber niemand malte etwas Neues, Originales. Niemand.

Sven merkte gar nicht, dass der Pfleger längst ausgestiegen war. Ohne Gruß. Er hatte sich schlussendlich wie alle anderen verhalten und hatte nicht mehr gesprochen.

Abends daheim sah Sven sich den *Rosaroten Panther* an, ohne die Handlung wirklich mitzuverfolgen. Er war in Gedanken bei von ihm selbst geplanten Gartenhäusern mit Lebkuchenverputz und Blumenfenstern.

Nachts besuchte ihn die Knusperhexe aus dem Knuspergartenhaus und brachte einen Riesenstrauß Primeln mit. Sie empfahl, den Strauß in einem Kübel einzuwässern, ansonsten würden die Blüten zu bluten beginnen.

Der zweite Traum war beunruhigend. Er, Sven, stand vor einer Staffelei, auf der Edward Munchs Gemälde *Der Schrei* zu sehen war. Er kannte das Bild aus einem Katalog. Dieses aber war das Original. Neben der ersten Staffelei war eine zweite aufgestellt, auf der eine weiße Leinwand darauf wartete, von Sven bemalt zu werden. Und so malte er bedächtig Munchs *Schrei* nach, aber ließ die Frau, die da schrie, die Zunge zeigen. Neben die vormals Schreiende malte er einen winzig kleinen Arzt im weißen Kittel, der der Zungenzeigerin ein flaches Holzstäbchen in den Mund steckte. Tief hinein. Zwischen den beiden Staffeleien aber saß Jana am Boden. Wie damals im Taxi. Einfach auf dem Boden. Und sie weinte, obwohl doch der kleine Arzt recht lustig anzusehen war und die Zungenzeigerin ein Lachen zur Folge hätte haben müssen. Warum weinte Jana also?

Am nächsten Morgen, einem Sonntag, lag ein Brief vor Svens Wohnungstüre. Er war von seinem Vater.

Es wunderte Sven nicht, dass sein Vater diese Form der Kommunikation gewählt hatte, um mit seinem Sohn Kontakt aufzunehmen. Sie waren beide zurückhaltend, vorsichtig und ein wenig schüchtern.

Sven nahm den Brief mit in seine Wohnung, setzte sich an den Esstisch und las.

Mein lieber Sohn!
Wir hatten doch vor Kurzem das Gespräch über deine Berufswahl, weißt du noch?

Natürlich wusste Sven das noch.

Ich denke, du solltest deinen wirklichen Wünschen folgen und auf mich und meine Vorschläge keine Rücksicht nehmen. Wechsle ruhig die Studienrichtung oder mach überhaupt etwas anderes. Heutzutage ist das ja leicht möglich. Aus finanziellen Gründen brauchst du dein „Medizinisches Management" also nicht zu Ende zu bringen. Ich spüre, dass du anderes für dich wünschst als das, was ich dir vielleicht eingeredet habe. Fühl dich bitte frei in deinen Entscheidungen. Alles, was du beschließt, werde ich akzeptieren. Meine Unterstützung hast du jedenfalls.

Mit den besten Grüßen
Dein Vater

P.S.: Schade, dass deine Mutter nicht mehr erlebt, was du aus deinem Leben machst.

Sven konnte sich nicht vorstellen, jetzt mit seinem Vater über das Geschriebene zu reden. Nein, das ging nicht.
    Vater machte es ihm – und sich – leicht. Er war den ganzen Sonntag nicht daheim und auch an seinem Handy nicht zu erreichen.
    Vielleicht war das gut so.
    Warum er am Schluss seines Schreibens die Mutter erwähnt hatte, wusste Sven nicht. Er konnte sich an seine Mutter nicht erinnern. Er war zu klein gewesen, als sie gestorben war. Lungenkrebs. Sie hatte geraucht, was heute keiner mehr tat. Da war kein Mutter-Sohn-Gefühl, keine Trauer. Mit seinem Vater lebte er schon zwanzig Jahre in friedlicher, stiller Harmonie, ohne Mutter. Also warum diese abschließende Erwähnung?

Als Sven am Montagmorgen zum Notariat fuhr, hatte er einen Entschluss gefasst. Nichts würde ihn von diesem Vorsatz abbringen, und Vaters Brief hatte das seine dazu beigetragen. Sven fühlte sich leicht.

Nach den üblichen vier Stunden Arbeit kündigte er. Er schrie dem Notar ins Gesicht:

„Ich gehe. Für immer. Soll doch ein anderer diese Drecksarbeit machen. In einer Staubwolke alte Akten ordnen. Welchen Sinn soll das haben? Und außerdem: Sie sind der grauenhafteste Chef, den ich kenne. Schämen Sie sich, Sie Idiot!"

Nein, Sven hatte den Chef nicht auf diese Weise angeschrien. Aber er kündigte. Mit leiser Stimme.

Als er ging, sagte er: „Auf Wiedersehen."

Warum „Auf Wiedersehen"?

Der Montag verging ereignislos. Sven brütete lange über seinen Studienunterlagen, lernte medizinische Fachbegriffe und wie man beispielsweise ein GeZ zu führen hatte. Es ging ihm heute etwas leichter von der Hand als sonst. Schließlich hatte er eine bemerkenswerte Entscheidung getroffen. Die Kündigung. Sven war froh, nicht mehr ins Notariat zu müssen, Eine Last war von ihm abgefallen, und er wusste, dass Vater ihn verstehen würde. „Alles, was du tust, werde ich akzeptieren", hatte er geschrieben.

Gut.

Ob er Jana wiedersehen würde? Das bunte Mädchen ging ihm nicht aus dem Kopf. Bunt, wild und lustig war sie, anders als er. „Na und?", wagte er zu denken. Er träumte, diesmal mit offenen Augen, dass Jana ihn berührte, mit ihrer Hand über seinen Arm strich. Das allein ließ ihm schon die Röte ins Gesicht steigen.

Am Dienstagmorgen fand er wieder einen Brief von seinem Vater vor. Sven musste heute nicht mehr früh aus dem Haus, das war angenehm. Natürlich würde er wie immer ins GeZ fahren zur Behandlung. Aber er hatte es im Moment nicht eilig, und so öffnete er den Brief. Mit Herzklopfen.

Wieder hatte Vater seine Gedanken mit geschriebenen Worten ausgedrückt. Er schrieb, dass seine Frau, Svens Mutter, nicht gestorben, sondern „weggegangen" war.

Sven, mein lieber Sohn,
ich weiß, dass ich schon viel früher von deiner Mutter berichten hätte sollen. Sie ist nicht tot. Sie ist aus gutem Grund mit deiner damals sehr kleinen Schwester weggegangen aus Norland. Schweren Herzens, aber aus vernünftiger Überlegung heraus, hat sie dich bei mir gelassen. Glaub mir, Sven, du hast eine gute Mutter, eine gescheite Mutter, und es war gut so. Du wirst es bald verstehen, aber noch kann ich nicht darüber reden. Ich darf vor allem nicht. Und ich will nicht bestraft werden, weißt du.
Setzen wir uns abends gemeinsam zum Bildschirm? Ich würde mich freuen.

Dein Vater.

Gut. Sven erfuhr also, dass seine Mutter vielleicht noch lebte, aber da er sie nicht kannte, sich nicht erinnern konnte, berührte ihn das nur wenig. Außerdem war es einer von Norlands Grundsätzen, sich um die Zukunft zu kümmern und nicht um Vergangenes. Kleine Schwester? Er hatte sich nie etwas aus Kleinkindern gemacht. Obwohl ja die Schwester jetzt nur wenig jünger wäre als er. Sollte er sich doch einmal etwas genauer um seine Familie kümmern? Dass sein Vater Angst vor Bestrafung hatte, konnte er verstehen. Er selbst hätte auch nicht gewollt, dass man ihm jeglichen Gebrauch elektronischer Geräte unmöglich machte.

Er würde Vater also am Abend besuchen. Sven erwartete nicht schon heute Aufklärung über das Schicksal seiner unbekannten Mutter. Er vertraute darauf, dass sein Vater schon den richtigen Zeitpunkt für ein Gespräch finden würde und überließ ihm die Initiative.

Sven schlug heute wieder den Umweg über seine „Zauberwiese" ein, bevor er ins GeZ fuhr. Er hatte Sehnsucht nach den Blumen. Die Primeln leuchteten noch immer in frechem Gelb. Auch blasse

Veilchen, die ihn wieder an die alten Theaterbesucher im Foyer erinnerten, sah er blühen. Altenveilchen.

Im Taxi geschah das Unwahrscheinliche. Jana stieg zu. Was jetzt? Svens Herz stotterte vor Verlegenheit, als das Mädchen Sven aufforderte, doch ein wenig beiseite zu rücken, damit auch sie auf demselben Sitz Platz nehmen konnte. Also saßen sie plötzlich dicht nebeneinander auf nur einem Stuhl. Wieder viel zu nah. Sogar noch näher als das letzte Mal.

Jana lachte, die Fahrgäste drehten sich nach ihr um, starrten missbilligend das junge Paar an, das sich da auf einen Sitz gedrängt hatte. Waren sie ein Paar?

Was jetzt noch zusätzlich zu Svens Verwirrung beitrug, war die Tatsache, dass Jana ihm einen kurzen Kuss auf die Wange drückte. Das war unglaublich, unerhört. Niemand in Norland setzte sich so nah zu jemandem ins Taxi oder in die Bahn. und niemand gab einem anderen einen Kuss! Jana schon. Als die Leute im Taxi das sahen, schimpften sie los, aber Jana übertönte sie.

„Wir sind ein Paar! Na und? So was gibt es noch", rief sie.

Sie war heute anders gekleidet. Fast elegant. Früher hätte man von einem „Kleinen Schwarzen" gesprochen. Sie hatte das „Kleine Lilafarbene" an. Jana sah gut aus in diesem schmalen Kleid. Hochgeschlossen und zugeknöpft war sie. In Lila. Es erinnerte Sven an die Farbe der priesterlichen Messgewänder zur Fastenzeit. Lila bedeutete Übergang, Verwandlung. Wer würde sich verwandeln? Er hatte sich einmal für die Symbolik dieser Farben interessiert. Jana wusste davon nichts. Wahrscheinlich nicht. Was perfekt zum Kleid passte, war ihr in Rosa und Weiß gemusterter Seidenschal, der locker um ihren Hals lag.

Sven sah Blumen an ihrem Schal, Blumen in Rosa, in Weiß. Der ganze Schal war aus Blumen gemacht. Jana war übersät von Blumen. Blüten in Lila, Rosa, Weiß. Nicht nur übersät war sie. Ihre Haut bestand aus diesen farbigen Blumen, unauflöslich mit ihr verbunden. Die drei Farben dufteten nach Zitrone. Lila wie Akeleien, wie Schwertlilien, wie Iris. Weiß wie Lilien und Pfingstrosen. Rosa Flieder und rosa Magnolien, gerade aufgeblüht.

Die Leute aus der Heilanstalt, die im Theaterfoyer der Zauberwiese auf Grillparzer gewartet hatten – sie waren weiße Blumen gewesen. Mit Blumen kannte Sven sich aus. Und mit Träumen.

Ob sie auch innen in ihrem Körper aus Blumen und Blüten bestand? Durch und durch? Vielleicht waren manche Menschen außen und innen aus etwas gemacht, das niemand anderer sehen konnte. Genauso wie er noch vor Kurzem aus Büroklammern bestanden hatte. „Der Büroklammernmann und die Blumenfrau. Ob das gut geht?", fragte er sich. Ob WAS gut geht …

„Was ist, Sven? Träumst du?"

„Entschuldige."

Jana sprach weiter, jetzt zu Sven und nicht mehr zu den Fahrgästen im Taxi. Ein wenig zu laut, aber sie wollte gehört werden. Sie dozierte fast, es war unangenehm:

„Wir dürfen uns nicht berühren, nicht nahekommen, nicht einmal reden miteinander. Das ist krank, Sven! Seit alles digitalisiert ist, gehen wir nicht mehr einkaufen, nicht zur Post, nicht zur Bank, nirgendwohin. Es gibt kaum Cafés, keine Bars, keine Wirtshäuser, keine Orte, wo wir mit jemandem ins Gespräch kommen könnten. Wir sind eine Herde von stummen, folgsamen Einzelblödschafen geworden, oder? Und alle haben wir Angst vor der Bestrafung."

Ihr Vortrag war zu Ende, sie sah Sven auffordernd an. Er musste irgendetwas sagen.

„Du hast ja recht, aber nicht so laut, Jana. Bitte."

„Also du meinst, wir sollten über anderes reden, Sven? Und leiser? Etwas Unverfängliches? Was machst du denn eigentlich beruflich?"

„Ich studiere. Medizinisches Management."

„Spannend."

Ein ironisch langweiliger Unterton schwang mit in dem Wort „spannend". Jana hatte sich diese Bemerkung nicht verkneifen können.

„Mitunter ist es tatsächlich spannend. Es ist nicht das Schlechteste, glaub mir. Nebenbei hab' ich eine Zeit lang bei einem Notar gearbeitet. Das war wirklich langweilig. Ich hab' gekündigt."

„Das ist gut, Sven. Man sollte nichts tun, was einem völlig zuwider ist. Gar nichts."

„Na, ja, und jetzt such' ich eine neue Aushilfsarbeit."

Sven wunderte sich, wie einfach und geradlinig er mit diesem Mädchen sprechen konnte. Er, der Schüchterne, unterhielt sich ganz locker mit einer auffallenden jungen Frau. Das war ungewöhnlich.

„Und du? Was machst du so?"

Und Jana erzählte ihm, dass sie Heilmasseurin in Ausbildung sei, jetzt gerade im Urlaub. Sie mache ihre Arbeit gern und werde auch sehr gut bezahlt. Sven wusste, wie alle, dass ein gesundheitsorientierter Beruf finanziell viel höher eingestuft war als beispielsweise die Arbeit seines Vaters. Jana sprach davon, dass die Menschen, die zu ihr kamen, sich einfach für eine Stunde wohlfühlen wollten, entspannen wollten. Ernsthaft krank sei ja niemand.

Bei der GeZ-Station stiegen sie beide aus. Jana eröffnete Sven mit einem verschmitzten Lächeln, dass sie ihre Termine für die wöchentlichen Behandlungen auch auf Dienstag, Donnerstag, Samstag verlegt habe. So wie Sven.

„So können wir uns immer wieder im Taxi sehen. Das ist doch gut, findest du nicht?"

Svens Gesichtsröte entsprang jetzt nicht mehr seiner Verlegenheit, sondern seiner Freude. Aber kaum hatte Jana diese zukünftigen Begegnungen im Taxi angekündigt, war sie schon wieder weg. Sie lief recht schnell ins Innere des GeZ-Gebäudes, vielleicht, damit sie umso früher wieder draußen sein konnte. Sie hatte noch gerufen:

„Bis übermorgen, Sven!" Und dann war sie im Gesundheitszentrum verschwunden.

Sven ließ sich mehr Zeit, ging langsam. Er musste nachdenken. Wie so oft.

Im ersten Stock erwartete ihn wie immer sein Arzt. In Norland hatte man ein ausgezeichnetes Gesundheitssystem entwickelt. Ärztinnen und Pfleger hatten wenige Klienten, eine Zuwendung war leicht möglich.

Der bullige Vielredner aus der Schwebebahn fiel Sven ein. Wie Meister Proper hatte er ausgesehen, mit fast beängstigenden Muskeln. „Es muss ein anstrengender, aber dankbarer Job sein. Und gut bezahlt ist er obendrein", dachte Sven.

Vater hatte ihm erklärt, wieso sich die staatliche Gemeinschaft dieses Gesundheitssystem leisten konnte. Da gab es seit Jahren eine saftige Reichensteuer für die wenigen, die ihren Reichtum in den letzten zwanzig Jahren beisammenhalten hatten können. Großkonzerne mussten seit dem *Bruch* hohe Steuerbeträge begleichen. Dadurch waren diese Riesenunternehmen weniger und die kleinen Händler und Geschäftsinhaber mehr geworden. Das war gut so. Vater hatte noch mehr erzählt. Noch mehr aus einer Welt, die so gar nicht Svens Welt war. Mit Geld und Finanzen kannte er sich nicht aus und es interessierte ihn auch nicht. Er würde aber diese Dinge wohl noch lernen müssen. Das war für sein Studium notwendig.

„Weißt du, Sven, es gibt auch keine Finanztransaktionen mehr. Sind verboten", hatte sich Vater eifrig bemüht, dem Sohn weiter die Welt zu erklären.

„Was sind Finanztransaktionen?" Das Wort sagte Sven gar nichts.

„Kurz gesagt: Niemand darf mehr nur mit Geld Geld verdienen."

Wie verdient man mit Geld Geld? Sven konnte sich nichts darunter vorstellen.

Die Militärausgaben waren auch gestoppt worden, hatte er gehört. Keine Überschalljets mehr, keine Verteidigungsraketen. Wer sollte denn schon das kleine Norland überfallen? Außerdem war Krieg als Mittel der Konfliktlösung weltweit seit einigen Jahren verpönt, zumindest der Krieg mit echten Menschen. Roboter oder intelligente Attrappen führten das Kriegsgeschäft, wenn es doch einmal notwendig war. Und das war sehr selten.

Ein Kontinent ohne reale Kriegsgefahr, ohne Tote, das klang gut für Sven.

Der Staat hatte also Geld genug für die Gesundheit aller Leute, für das recht praktische Grundeinkommen und für sonstige soziale Projekte. Da waren wohl seit dem *Bruch* immer wieder weitblickende Leute in der Regierung, die auf dem ganzen Kontinent Zufriedenheit schufen. So dachte Sven.

Er war stolz auf sein Land, stolz auf das, was geleistet wurde und was man seit dem *Bruch* geändert hatte. Auch wenn Jana da offenbar anderer Meinung war. Sein Land war gut. Sein Land war fortschrittlich. Sein Land war sicher. Und er würde sich von dieser Meinung nicht von einem vorwitzigen Mädchen abbringen lassen. Nein.

Nach Einnahme der braunen, leicht süßlich schmeckenden Flüssigkeit verließ Sven das GeZ wieder. Fast beschwingt. Er war den Notar los, den er zwar nicht ermordet hatte, der ihm aber, ohne es zu wissen, ein Gefühl von Freiheit verschafft hatte. Sven würde ihn nicht mehr ertragen müssen. Außerdem würde er Jana wiedersehen, und heute Abend würde er mit seinem Vater TV schauen, vielleicht einen alten Stan Laurel & Oliver Hardy-Film? Eine Komödie jedenfalls. Etwas anderes gab es ja nicht. Schließlich wollten die Menschen unterhalten werden und auch ab und zu lachen können. Natürlich nicht in der Öffentlichkeit. Auf der Straße lachen, einfach so, so wie Jana, das war nicht üblich.

Sven hatte ein gutes Leben, alles in allem, in dem nur eines fehlte: Ab und zu das Zusammensein mit anderen Menschen. Das herzliche Händeschütteln, das Berühren, das Umarmen. Vielleicht hatte Jana doch ein wenig recht?

Der Abend verlief ruhig. Sven ging müde zu Bett, und er träumte. Träumte von einer dicklichen, rothaarigen Frau, die behauptete, seine Mutter zu sein und die ein kleines, pausbäckiges Kind auf dem Arm trug. Ein Mädchen. Die Frau zischte Sven „Psssst!" zu, obwohl er doch ohnehin nichts gesagt hatte. Immer wieder dieses „Psssst." Und dabei legte die Frau ihren Zeigefinger vertikal auf ihren geschlossenen Mund. Die Kleine tat es ihr gleich. „Psssst."

Sven wachte auf und überzeugte sich, dass keine Frau und kein kleines Kind im Raum waren. Er war allein mit sich.

Danach schlief er tief und ruhig.

Die nächsten Tage waren, wie meist, ereignislos. Svens Vater hieß die Kündigung beim Notar gut. Sven hatte ein wenig befürchtet, dass er böse sein würde. Das war nicht der Fall. Vater verstand.

Jetzt galt es, sich eine neue vorübergehende Arbeit zu suchen, denn er wollte durchaus sein Studium fortsetzen. Er hatte beschlossen, sich mit der medizinischen Materie anzufreunden, dann würde alles auch vielleicht interessanter werden. Es waren nur mehr zwei Jahre nötig, um einen Abschluss zu machen. Danach konnte er ja immer noch etwas anderes probieren. Das Grundeinkommen erlaubte das. Trotzdem, er wollte ein wenig Geld verdienen. In einer Gärtnerei oder in einem der letzten Theater. Vielleicht als Platzanweiser für die wenigen Besucher, die sich interessierten für von realen Menschen vorgegaukeltes fiktives Leben, für erfundenes Geschehen bar jedes Wirklichkeitsanspruchs. Wirklich waren nur die Schauspieler. Immer weniger Menschen wollten so etwas sehen. Sie verstanden die Handlung meist nicht, und die Stücke waren auch zu lang für die Konzentration der Besucher.

Die Arbeit in einem Theater hätte den Vorteil gehabt, dass er, Sven, die Stücke, die gespielt wurden, mitansehen hätte können. Es interessierte ihn.

Sven verbrachte in den nächsten Tagen einen Teil seiner Zeit mit dem Studieren von Internetannoncen, in denen Leute für einfache Arbeiten gesucht wurden. Zunächst fand er aber nichts Entsprechendes.

Die meiste Zeit verbrachte er in der Erwartung, Jana wieder zu begegnen. Am Donnerstag?

Und irgendwann würde sein Vater ja mit ihm über seine Frau, Svens Mutter, sprechen. Sven gab ihm Zeit, aber er dachte jetzt immer wieder an die seltsame, unklare Geschichte mit seiner Mutter.

Am Donnerstag beschloss er schon nach dem Aufstehen, Jana auf der Fahrt ins GeZ nach ihren Eltern zu fragen. Welchen Beruf hatten sie? Hatten sie ein gutes Verhältnis zu Jana? Ja, das würde er sie fragen. So etwas hatte er noch nie einen Menschen gefragt. Wen auch?

Es kam anders.

Jana redete und redete. Sie wusste, dass Sven auf Arbeitssuche war, und sie hatte eine Annonce gefunden, von der sie Sven unbedingt erzählen musste. Ein Blindenheim mit vorwiegend alten Leuten suchte für zwei Monate eine Aushilfe. Jemanden, der gerne Menschen betreute und das entsprechende Gespür dafür hatte. Sven wusste nicht, ob er gerne Menschen betreute, er hatte so etwas noch nie getan.

„Aber sicher kannst du das, Sven! Ich stell' es mir schön vor, blinden Leuten zu helfen, wieder ein wenig Helligkeit in ihr Leben zu bringen. Nimm den Job, Sven. Nimm ihn!"

„Ich weiß nicht recht, Jana. Ob ich das kann?"

„Jetzt trau dich doch einmal was. Hab' Vertrauen zu dir."

Und so kam es, dass Sven kein Gespräch über Janas Eltern führte, obwohl er sich schon darauf eingestellt hatte. Die Zeit im Taxi war zu knapp. Es war Jana gerade noch möglich, für das nächste Mal einen anderen Treffpunkt vorzuschlagen, einen Treffpunkt außerhalb des E-Taxis. Natürlich erst nach dem Besuch des GeZ. Das große, einzige Café in der Innenstadt schien ihr geeignet. Sven sagte zu. Natürlich sagte er zu.

Als Sven und Jana sich wieder getrennt hatten, beschloss Sven, sich bei diesem Blindenheim zu melden.

Am Nachmittag rief er dort an, beschrieb seine Lebenssituation, versuchte, selbstsicher zu wirken. Er war aufgeregt. Die freundliche Frauenstimme am Telefon war offensichtlich erfreut, einen jungen Mann als Aushilfe einstellen zu können.

„Nächste Woche, Montag, ist das möglich?"

Sven war erleichtert. Eine bessere Arbeit als im Notariat würde es allemal werden. Das wusste er jetzt schon. Und wer weiß, vielleicht war er ja gut geeignet dafür.

Zwei Tage später trafen sie sich wieder im Taxi, aber mit dem Wissen, dass nach dem GeZ das Café auf sie wartete. Dort würde Sven etwas über Janas Familie erfahren. Hoffentlich.

Janas Kleidung war wieder vertraut bunt und frech. Viel Gold war an ihr. In den Haaren, an den Schuhen, am Dekolleté.

Schon vor dem ersten Kaffee sprach Sven Jana direkt an. Er wollte noch vor einem vielleicht einsetzenden Redeschwall das Gesprächsthema bestimmen.

„Ich würde gern wissen, wie du lebst, Jana. Mit deinen Eltern zusammen? Oder schon allein?"

Er wunderte sich über seine eigene Forschheit. Bei anderen Leuten schaffte er das nicht. Nur bei Jana.

Jana ließ sich nicht lange bitten. Sie wirkte wie ein Mensch, der keine Geheimnisse vor anderen hatte. Direkt. Offen. Unbekümmert.

„Ich lebe bei meiner Mutter. Sie ist Schauspielerin."

Und dann erzählte sie von ihrer leicht verrückten Mutter, dem Rollenlernen, bei dem sie, Jana, mithalf, und den Komödien, die zu spielen erlaubt waren.

„Meine Mutter liebt ihren Beruf, das ist bewundernswert und erleichtert auch mich, weißt du?"

Janas Mutter verstand sich wahrscheinlich deshalb gut mit ihrer Tochter, weil sie kaum daheim war. Sie lebte fürs und im Theater, auch wenn nur wenige Zuschauer ihre Kunst bestaunten. Theater war ihr Ein und Alles.

„Weißt du, Sven, ich bewundere sie für ihr Engagement und ihre Fähigkeit, Gefühle erfundener Menschen in erfundenen Welten darzustellen. Ich denke, es gibt nur wenige in diesem Land, die ihren Beruf so lieben."

Sven stellte sich das kurz für sich selbst vor. Auf einer Bühne stehen, gelernten Text in lebendiges Sein verwandeln, den ganzen Körper für eine Rolle zu benützen. „Es muss aufregend sein", dachte er. Und „Ich könnte das nicht."

„Und du, Sven? Was ist mit deiner Mutter?"

Sven war es unangenehm, jetzt über seine Mutter zu reden. Schließlich hatte man ihm zeitlebens weisgemacht, seine Mutter wäre an Krebs gestorben, als er noch ganz klein war. In den vergangenen Tagen hatte er aber von Vater erfahren, dass seine Mutter damals „weggegangen" war. Er wusste noch nicht, was Vater damit meinte, als er ihm den zweiten Brief zukommen hatte lassen. Wollte es auch gar nicht wissen. Vater hatte sich noch nicht dazu geäußert.

Sven wandte sich an Jana:

„Meine Mutter ist tot. Vielleicht ist sie aber auch nur weggegangen. Keine Ahnung. Ich weiß es nicht. Jetzt leb' ich schon lange in der Wohnung neben der meines Vaters. Ein schweigsamer Mann."

Jana war überraschend behutsam, drängte Sven nicht zum Reden. Sie redete vielmehr selbst und erzählte, dass ihr Vater auch gestorben sei, verunglückt bei einem Arbeitseinsatz in Palästina.

„Aber man darf doch nicht ins Ausland, Jana."

„Beruflich schon. Und mein Papa ist bei einem Baueinsatz im Nahen Osten ums Leben gekommen, als ich fünf war. Er war Solartechniker, und das gerne."

Sven fiel die Formulierung „ums Leben gekommen" auf. Es war ein eigenartiger Ausdruck fürs Sterben. „Das Leben bekommen?" Nein. „Dem Leben entkommen?" Das passte alles nicht.

„Das tut mir leid, Jana, das mit deinem Vater."

„Jetzt, wo du von deiner vielleicht verschwundenen Mutter erzählt hast, werde ich auch unsicher. Vielleicht lebt Papa ja noch? Aber ich hab' doch vor zwei Jahren die Todesanzeige gelesen. Mutter hatte gemeint, das wäre der richtige Zeitpunkt, mir diese Nachricht zu zeigen. Ich war 21. Da stand schwarz auf weiß: *Wir müssen Ihnen leider mitteilen, dass Ihr Mann in Palästina zu Tode gekommen ist usw.*"

Das war der passende sprachliche Ausdruck! Zu Tode gekommen. Zum Tod gekommen. Sven war zufrieden. Jana nicht. Sie meinte, er würde ihr gar nicht zuhören, und war zornig. Sven entschuldigte sich, und sie beruhigte sich wieder.

Also gab es da einen toten Vater, eine verschwundene Mutter und eine unbekannte Schwester. Jana und Sven mussten plötzlich lachen. Zwei Halbwaisen also.

„Und noch jemand ist verschwunden, Sven. Meine Oma."

Und sie erzählte von ihrer Oma, die eines Tages nicht von ihrem Spaziergang zurückgekehrt war. Janas Mutter hatte eine Weile suchen lassen nach ihr. Viel zu kurz, hatte Jana damals gemeint. Man hatte schließlich angenommen, sie wäre bei ihrem Spaziergang in einen Fluss gestürzt oder in einen See. Oder sie hätte sich umgebracht. Wie auch immer. Letzteres hatte Jana damals nicht geglaubt, so lustig, wie Oma gewesen war. Na ja, sie war leicht dement, das schon.

Ihre Leiche wurde nie gefunden.

Also noch eine Verschwundene. Janas Oma.

„Wir sollten nach den dreien suchen", meinte Sven im Scherz. „Nach deiner Oma, meiner Mutter und meiner Schwester."

Jana nahm ihn ernst:

„Nein, das will ich nicht."

Jana hatte das Verschwinden ihrer Großmutter und den Tod ihres Vaters schon lange akzeptiert. Sie wollte keine vielleicht unliebsamen Überraschungen.

Sven dagegen wurde unruhiger. Was war mit seiner Mama wirklich geschehen?

Nachts suchte Sven den nahegelegenen Friedhof auf. Mit seiner Taschenlampe beleuchtete er fast jedes Grab. Reihe für Reihe. Und da fand sich eine seltsame Grabkreuzkombination. Drei einfache, schwarze Holzkreuze standen dicht beisammen. Auf dem einen stand *Janas Oma*, auf dem zweiten *Svens Mutter*, auf dem dritten *Svens Schwester*. Sven erschrak, bekam Angst. Der Einzige, der sicher tot war, war Janas Vater. Sein Name stand aber nicht auf den Kreuzen.

Sven holte drei Zeichnungen aus seiner Tasche. Jede zeigte eine lachende Sonne wie sie kleine Kinder malen. Lachend, der Mund ein Halbmond. Sven heftete die drei Sonnen an die drei Grabkreuze.

Und über all dem drei Buchstaben: R.I.P.

Dann wachte er auf.

Als er sich am nächsten Tag mit Jana traf – sie hatten einen gemeinsamen kleinen Ausflug geplant – erzählte er Jana von diesem Traum. Sie lachte nur.

„Warum lachst du?"

„Na, die drei Sonnen lachen doch auch. Warum dann nicht wir?"

Sven war ein wenig verärgert. Sie nahm seinen Traum nicht ernst.

„Da stand R.I.P. Weißt du, was das bedeutet?"

„Das ist Latein. Es heißt ‚Requiescat in Pace'. ‚Er oder sie möge in Frieden ruhen'", war Janas Erklärung.

„Wieso kannst du Latein?"

„Hat mir meine Oma beigebracht, als ich 14 war. Da war sie noch bei uns."

Jana versuchte, Svens Traum zu deuten:

„Vielleicht sollten wir sie tatsächlich in Ruhe lassen, meine Oma, deine Mutter und deine Schwester. Lassen wir es dabei. Sie sind nicht mehr da."

An Janas Stimme erkannte Sven, dass sie sich mit diesen Worten nur beruhigen wollte. Jana war nicht der Mensch, der irgendetwas hinnahm. Sie wollte immer wissen. Genau wissen. Auch jetzt.

Sie hatten ihren sonntäglichen Ausflug bei Svens Traumwiese hinter den Häuserreihen begonnen. Jetzt gingen sie nach Westen. Möglicherweise bis zur Staatsgrenze, denn Walberg war eine Grenzstadt. Sie waren beide noch nie an der Grenze gewesen. Janas Mutter hatte gemeint:

„Wozu bis zur Grenze gehen? Es ist langweilig dort. Und der Weg dorthin ist viel zu steil."

Jana und Sven gingen trotz dieser Worte ein gutes Stück nach Westen. Bis der Weg steil anstieg.

Als sie außer Atem oben ankamen, breitete sich vor ihnen eine abschüssige Wiese aus, die keine Blumen, keine besonderen Gräser, einfach nichts Interessantes bot. Keine Buschwindröschen, keine Veilchen. Keine Traumwiese. Das Einzige, was zu sehen war, waren mehrere Granzwächter in verschlissenen Uniformen, die gleichgültig vor einem Maschendrahtzaun patrouillierten. Einer von ihnen fragte die beiden, was sie hier wollten. Es wäre dies die Grenze zum Nachbarland Etonien, und diese Grenze hätten sie hier zu bewachen.

„Das wissen wir", sagte Jana.

Es war untersagt, Grenzen zu überschreiten. Auf dem ganzen Kontinent war das so, das wussten Jana und Sven. Seit Jahren war das so. Reisen durfte man nicht. Es wunderte daher die beiden nicht, dass da Grenzwächter ihren langweiligen Dienst versahen. Außerdem kannten sie Schilderungen anderer Leute, die schon an der Grenze gewesen waren. Diese Leute hatten dort nichts Besonderes gesehen.

Dass auf dem Zaun hinter den Wächtern eine Tafel hing, auf der in großen roten Lettern auf weißem Grund stand: *Überschreiten Sie die Grenze nicht. Lebensgefahr!,* war nur logisch. Die Bürger von Walberg versuchten nie, über den Maschendrahtzaun zu gelangen. Schließlich war das untersagt, und die Angst vor Bestrafung war allgegenwärtig. Niemand war in den letzten Jahren auf die Idee gekommen, sich dem Befehl *Überschreiten Sie die Grenze nicht. Lebensgefahr!* zu widersetzen. Außerdem waren da ja die Wächter. Früher war das vielleicht anders gewesen, aber mit der Zeit hatte sich niemand mehr für die Grenze interessiert. Man durfte ohnehin nicht hinüber. Es war verboten, also interessierte es keinen. Alles, was untersagt war, war nicht von Interesse für die Menschen in Norland. Man war vernünftig.

Oder waren sie doch alle eine Herde von stummen folgsamen Einzelblödschafen, wie Jana das einmal gemeint hatte?

Sven und Jana gingen den Weg zurück nach Walberg.

Janas Abschiedskuss auf Svens Wange war herzlich, sonst nichts. Ob das gut gehen würde mit ihnen beiden, das hatte sich Sven schon einmal gefragt. Es würde wohl eine gute Freundschaft bleiben. Und das war ihm in Wahrheit durchaus Recht. Er war viel zu unsicher, um sich auf so etwas wie Liebe einzulassen, was immer das sein sollte. Sie waren also kein Paar, wie Jana vor einigen Tagen lautstark im E-Taxi verkündet hatte. Nur Freunde. Nur?

Nach dem Ausflug fand Sven wieder einen Brief seines Vaters vor, beschloss aber, ihn erst nach seinem ersten Arbeitstag im Blindenheim zu lesen.

Am Montag war Sven schon morgens aufgeregt. Vier Stunden mit Blinden zusammen zu sein, das war ihm neu. „Es sind ja nur vier Stunden", tröstete er sich. Niemand in Norland arbeitete normalerweise mehr als vier Stunden täglich. Natürlich gab es Ausnahmen. Unerfreuliche Tätigkeiten erledigten schon lange Roboter. Aber vier Stunden mit Blinden? Eine völlig neue Situation? Hoffentlich würde er das schaffen.

Um neun Uhr war er im Blindenheim. Das übliche Vorstellen. Ich bin Sven Mahler, wir haben telefoniert. Greta Haber, ich bin Leiterin des Heims. Das Prozedere kannte Sven, aber diese Frau lächelte mit Mund und Augen. Das war anders.

Nach einem Rundgang durchs Heim, vorbei an einigen „Gästezimmern", wie Frau Haber sie nannte, bis zum hellen Speisesaal und dem gemütlichen Gemeinschaftsraum bat Frau Haber Sven, in ihrem Arbeitszimmer Platz zu nehmen.

Ein beruhigendes Gespräch, in dem Sven seine Lebenssituation etwas genauer beschrieb als beim Telefonieren, ließ ihn seine Anspannung verlieren.

„Wir haben da einen alten Herrn, der schon recht verbittert ist, den nichts mehr interessiert, nichts mehr freut. Seine Betreuerin hat uns aus familiären Gründen verlassen, jetzt ist er ganz allein. Versuch doch – also wir duzen uns hier alle – , dich ihm zu nähern. Vielleicht klappt's ja …"

Sven erhielt Zimmernummer, Name und Alter von Frau Haber. Franz Bauer, 81. Und die Leiterin führte ihn zum Zimmer von Franz Bauer.

Jetzt hieß es also, einen neuen Weg zu gehen. Für wie lang, das wusste Sven nicht.

Franz Bauer saß fast regungslos in seinem Zimmer. Es war ein schöner Raum, Blumen wie auf Janas rosa-weißem Schal standen in Vasen herum. „Er kann sie doch nicht sehen", dachte Sven. „Aber vielleicht riechen?"

„Hallo, ich bin Sven!"

Nichts.

Sven streckte trotz der staatlichen Empfehlung, so etwas nicht zu tun, dem Alten die Hand entgegen. Franz Bauer ergriff sie nicht. Natürlich nicht. Wie auch, wenn er nicht sehen konnte.

Da griff Sven einfach nach seiner Hand. Ganz sachte. Der Alte entzog sie ihm.

„Ich bin Sven, und wie heißen Sie?"

„Franz."

„Und wie noch?"

„Das brauchst du nicht zu wissen. Es ist ohne Bedeutung."

Lange Pause.

Da hatte Sven eine Idee, die seiner Unsicherheit entsprang.

„Gehen wir doch ein Stück zusammen in den Park hinaus, Franz."

Kein Ja. Kein Nein.

„Ich bin Opa geworden, vorgestern."

„Das ist schön, Opa Franz."

Lange Pause.

Der Alte ließ sich schließlich tatsächlich von Sven in den großen Park führen. Ganz langsam, Schritt für Schritt, gingen sie dem Ausgang entgegen, traten ins Freie. Vögel zwitscherten.

„Hörst du, Opa Franz? Die Vögel!"

Das „Du" war plötzlich selbstverständlich für Sven.

„Ich hör' gar nichts."

„Aber hören kannst du doch, auch wenn du blind bist."

Das war beleidigend gewesen, oder?

„Entschuldige, Franz, das war nicht fair."

Der Alte aber reagierte nicht.

„Hörst du die Vögel nicht?", versuchte Sven es nochmals. „Sie singen ganz laut."

Jetzt hörte auch Franz Bauer die vor sich hin zwitschernden Vögel, Meisen, Amseln, Spatzen. Wer weiß, was noch alles.

Sven begann zu glauben, dass er gut mit seinem Schützling umgehen würde können in der nächsten Zeit. Es war gar nicht schwierig.

Sven wollte Franz an einem Rosenstock mit weißen Blüten riechen lassen, ganz nah. Doch Franz reagierte nicht, sagte nur, dass er vor 50 Jahren sein Augenlicht und seinen Geruchsinn verloren hätte. Wieso das passiert war, das erfuhr Sven nicht, und er wollte den Alten auch nicht mit Fragen bedrängen.

Sven sagte nichts. Was auch?

„Er kann also nicht mehr sehen und nicht mehr riechen", dachte er. Das war traurig. Und doch, da blieben noch der Geschmacks-, der Hör-, der Tastsinn. Mit denen müsste sich doch was anfangen lassen.

Sven hatte das Gefühl von Aufbruch. Etwas Neues würde beginnen mit Opa Franz.

Um elf Uhr half Sven Herrn Bauer beim Essen. Es schmeckte fade, fanden sie beide. Das musste anders werden. Das Essen musste schmackhafter werden in diesem Heim. Und Sven würde eine Möglichkeit finden, Franz seinen Geschmackssinn wieder spüren zu lassen. Bald.

Nach dem Essen war seine Arbeitszeit zu Ende.

„Auf Wiedersehen, Opa Franz. Bis morgen."

Und weg war er.

Er war zufrieden, sehr zufrieden.

Daheim öffnete er den Brief seines Vaters. Den dritten. Vater selbst war nicht zu Hause.

Lieber Sven, mein Sohn!

Ich hab' gestern mitbekommen, dass ihr beide, das Mädchen und du, einen Ausflug geplant habt und bin euch gefolgt. Ich hab' gesehen, dass ihr an der Grenze wart. In dieser Grenze steckt ein Geheimnis, das auch mit deiner Mutter zu tun hat. Ich werde es dir bald erzählen. Noch kann ich nicht. Ich hab' Angst. „Wovor?", wirst du fragen. Ich weiß es nicht. Es ist ein Grundgefühl in mir drin.

Dein Vater

Von „Geheimnis" sprach der Vater da. Wie im Märchen klang das und auch unwirklich. Sven hoffte, dass sein Vater bald den Mut haben würde, mit ihm zu sprechen Seine eigene Unruhe stieg, je mehr Vater aus der Sache ein Geheimnis machte.

„Geheimnisse gibt es nur in Märchen und unter kleinen Kindern", dachte er. „Also was soll's?"

Anderntags brachte Sven eine gebratene Lammkeule zu Opa Franz. Herr Bauer verschlang sie mit großem Appetit. Es war fast unangenehm anzusehen. Danach stierte er mit leeren Augen auf Sven und fragte: „Und jetzt, Bursche? Was kommt jetzt? Ich will mehr. Viel mehr."

„Was willst du mehr, Opa Franzi" Er nannte ihn Franzi!

„Ich will sehen können!", schrie der Angesprochene und grinste grausig.

Dann wachte Sven auf. Er war voller Schweiß.

Heute, nach Janas Arbeit, würde er sich wieder mit ihr im Café treffen. Viel zu erzählen hatte er ja. Die Sache mit seinem Vater und auch seine ersten Erfahrungen im Blindenheim, das wollte er unbedingt Jana schildern.

Jana aber war wieder einmal schneller. Die Worte sprudelten nur so aus ihr heraus.

Sie schilderte eine unglaubliche Geschichte:

Sie sei nach ihrer Arbeit – der Urlaub war vorbei – wieder zur Grenze gegangen, allein. Bis zu den Wächtern war das kein Problem gewesen, aber sie hatte mehr vorgehabt.

„Weißt du, Sven, ich bin manchmal unsichtbar", sie lachte.

„Aber ich hab' schon vorher gewusst, dass ich durch ein Loch im Maschendrahtzaun unbemerkt hinübergelangen könnte, wohin auch immer."

Und sie schilderte mit heißem Gesicht, was da weiter passiert war.

Die Wächter hatten gerade eine kleine Pause gemacht, waren tratschend beisammengestanden. Keiner hatte Jana gesehen. Sie hatte schon beim sonntäglichen Ausflug mit Sven ein Loch im Maschendrahtzaun entdeckt, groß genug für ihren schmalen Körper. Sven hatte sie aber nichts davon gesagt.

Sie hatte es geschafft, durch den Zaun hindurchzuschlüpfen und schnellstens in Richtung dahinter liegendem Wald zu rennen, weg vom Maschendrahtgitter, unbemerkt von den Wächtern. Richtung Etonien.

„Ich hab' gedacht, irgendwo in diesem dichten Laubwald kann ich mich sicher verstecken. Es war aufregend."

Nach etwa fünf Minuten Weg durch den Wald war Jana noch einmal mit einer Art von Grenze konfrontiert worden.

„Da stand wieder der gleiche Text: *Überschreiten Sie nicht die Grenze. Lebensgefahr!* Diesmal in roten Lettern auf gelbem Grund. Der Text schien im Nichts zu hängen, ohne Tafel, ohne Verankerung. Es war nicht nur aufregend, sondern unheimlich. Ich wollte zurück. Zurück zu dieser abschüssigen Wiese, die du ja kennst, Sven. Dann hab' ich es gesehen."

„Was?"

Sie spannte Sven auf die Folter.

„Am Boden vor dem schwebenden rot-gelben Text lag es."

„Jetzt sag schon. Was?"

„Ein Buch!"

„Was? Ein Laptop mit E-Book lag so einfach im Gras?"

„Nein, ein richtiges Buch, aus Papier!"

Jana kramte in ihrer großen Tasche, nahm etwas Schweres heraus und legte es vorsichtig und mit Sorgfalt auf den Tisch. Ein Buch. Ein altes Buch, ein wenig verstaubt. Vor dem Kellner des Cafés mussten sie den Band versteckt halten, obwohl der geschäftige Mann ohnehin kein Interesse daran hatte, was die beiden da besprachen.

Sven konnte die verzierte Schrift des Buchtitels kaum lesen. Jana half ihm:

„William Shakespeare: *Romeo und Julia*. Das Buch steht auf der Liste der nicht empfehlenswerten Bücher. Es heißt, es sei zu blutrünstig und könnte die Menschen depressiv machen. Sieh es dir an."

Sven griff vorsichtig nach den vergilbten Seiten und blätterte.

„Und wer hat diesen Wälzer da hingelegt? Zur zweiten Grenze?"

Jana wusste es nicht, sagte nur:

„Wir werden es mit nach Hause nehmen. **Ich** nehm' es mit nach Hause. Meine Mutter ist schließlich Schauspielerin. Falls sie dieses alte Drama in meinem Zimmer findet, hat sie sicher Verständnis. Und sie kennt *Romeo und Julia* bestimmt."

Auf Svens Frage, warum sie nicht weitergegangen war als bis zu dieser roten Schrift auf gelbem Grund, meinte Jana nur, das hätte sie nicht gewagt. Sie hätte vorsichtig probiert, ein paar Schritte zu gehen, aber sie hätte das Gefühl gehabt, dabei nicht vom Fleck zu kommen.

„Es war wie eine unsichtbare Wand. Ich hab' das Buch geschnappt und bin zurückgerannt, wieder unbemerkt von den Wächtern. Und jetzt, jetzt bin ich hier bei dir."

Sven fielen die Worte seines Vaters in seinem dritten Brief ein. Von „Geheimnis" war da die Rede. Da gab es wohl Zusammenhänge, die ihm noch völlig unklar waren. Er hatte das Bedürfnis, Jana von diesem Brief zu erzählen und auch von seinem ersten Tag im Blindenheim. Bei Opa Franz. Aber auf Janas Frage

„Wie war's bei der Arbeit?", antwortete er nur kurz. Das Buch, das zwischen ihnen am Tisch des Cafés lag, war wichtiger.

„Kannst du diese altmodische Schrift lesen, Jana?"

„Ich denke schon."

Sie schlug das Buch wieder auf, nachdem Sven darin geblättert und es wieder geschlossen hatte. Der Versuch, es zu lesen, gelang, wenn auch stockend.

„Hör zu, Sven:

Dein Schmerz kann eines andern Qualen mindern.
Fühl andres Leid, das wird dein Leiden lindern!

Was sagst du dazu, Sven?"

Sven war ratlos solch einem Text gegenüber. Er verstand ihn einfach nicht. Was sollte er dazu sagen?

„Verstehst du das alles, Jana?"

„Nicht alles, aber es ist von Leid und Qual die Rede. Leid und Qual sind in Norland aber abgeschafft. Kein Wunder, dass solch ein Text auf der Liste der nicht empfehlenswerten Bücher steht, oder?"

Sven wollte, dass Jana ihm noch etwas aus *Romeo und Julia* vorlas.

Jana blätterte weiter.

„Da!" Sie musste lachen.

„Da spricht eine Frau über die Männer:

Kein Glaube, keine Treu' noch Redlichkeit ist unter Männern mehr. Sie sind meineidig. Falsch sind sie! Lauter Schelme, lauter Heuchler!

Männer! Das geht dich an, Sven", grinste sie.

Sven sagte nichts. Er fragte nur:

„Wer war dieser Shakespeare?"

Genaues wusste Jana auch nicht. Nur, dass er schon vor hunderten von Jahren in England gelebt hatte. Ihre Großmutter hatte einmal über diesen Dichter gesprochen. Jana konnte aber heute nicht recherchieren über Shakespeare, denn solche alten Meister wurden im Internet nur sehr dürftig erwähnt.

Jana war neugierig auf den ganzen Text geworden. Sie fand eine Stelle, die auch auf Sven zutraf. Sie wusste ja, dass er oft und farbig träumte.

„Hör zu. Ein gewisser Mercutio sagt auf Seite 30:

Wohl wahr, ich rede von Träumen, Kindern eines müß'gen Hirns, von nichts als eitler Fantasie erzeugt, die aus so dünnem Stoff wie Luft besteht.

Das passt doch für dich mit deiner Träumerei, nicht wahr?" Sie lächelte. Dann gab sie Sven einen flüchtigen Kuss auf die Wange, denn er war sehr ernst geworden.

„Nicht böse sein, mein Lieber. Es war nicht als Beleidigung gemeint."

„Und wie geht diese Geschichte aus?"

Jana meinte, dass das Liebespaar Romeo und Julia am Ende sterben würde, durch Gift, durch einen Dolch. Grauenhaft. Jedenfalls hatte sich Jana dieses Ende, von dem ihre Oma gesprochen hatte, gemerkt.

„Ich les' dir die zwei letzten Zeilen vor:

*Niemals gab es ein so herbes Los
als Juliens und ihres Romeos."*

Sven war verwirrt. So ein grauenvolles E-Book war ihm in Norland noch nie untergekommen. Qual und Leid gab es im Land angeblich seit Langem nicht mehr. Die Gesichter der Menschen sagten aber etwas anderes.

„Wir gehen da noch einmal hin, ja?", fragte Jana.
„Wohin?"
„Na, zu diesen zwei Grenzen."
Sven war einverstanden. Natürlich würden sie wieder hingehen.

Daheim dachte er an das GeZ13, das angeblich alte Bücher in seinem Keller verbarg. Davon wollte er sich selbst überzeugen, aber noch getraute er sich nicht.

Am nächsten Tag, einem Dienstag, fand sich Sven um neun Uhr wieder beim Blindenheim ein. Er hatte zwei Dinge mitgebracht: eine Warmhaltebox mit besonderem Essen für Opa Franz, und Shakespeares Buch, das er erfolgreich an der Portierloge vorbeischmuggeln hatte können. Heute waren wieder nur zwei Stunden zu arbeiten. Das GeZ wartete, das war lästig, aber notwendig. Sven musste also schnell sein mit seinen zwei Überraschungen.
    Er ließ Franz das alte Buch von Shakespeare betasten. Opa Franz war unsicher, vielleicht war das ja auch nur eine Attrappe.
    „Nein, Opa, das Buch ist echt! Meine Freundin hat's gefunden, *Romeo und Julia*." Für Franz war dieses Buch wie ein Wunder, kannte er doch die Geschichte von Julia und ihrem Romeo. Dass er früher Lehrer für Literatur gewesen war, hatte Franz bis jetzt verschwiegen.
    „Lies mir vor, Bursche", befahl er Sven.
    „Genau das hab' ich vor, Opa!"
    Und dann las Sven kreuz und quer aus dem dicken Buch vor. Egal, welche Worte er zitierte, Franz Bauer wusste immer, was davor und danach in dieser unsäglichen Geschichte geschehen

war. Sven kannte sich schon eine Weile nicht mehr aus, konnte der Handlung nicht folgen, aber Franz, der konnte das.

Nach einer halben Stunde wollte Sven auch noch die zweite Überraschung präsentieren. Fast gegen Opas Willen schlug er das Buch zu, verstaute es, öffnete seine mitgebrachte Warmhaltebox. Ein exotischer Duft entströmte der Box. Sven war sich bewusst, dass Opa das nicht riechen konnte. Vielleicht konnte er ja die ganze Welt nicht mehr riechen und hatte deshalb mit Riechen aufgehört?

Nun standen die mitgebrachten Speisen vor Franz, und Sven forderte ihn auf, doch zu kosten.

„Wenn du nicht sehen und nicht riechen kannst, dann werden wir eben die anderen Sinne schärfen, nicht wahr? Wir beginnen mit dem Geschmackssinn."

Sven strahlte Zuversicht und Freude aus. Auch wenn Opa Franz das nicht sehen konnte, so hörte er es doch an der Stimme.

Svens Vater, Martin Mahler, war ein ausgezeichneter Koch, und die Heimleitung hatte gestattet, dass der nette junge Mann, als den sie Sven sahen, diese wunderbaren Gerichte mitbringen durfte.

Vater hatte ein indisches Menü zusammengestellt, das vielfältig und kräftig gewürzt war. Es gab Kokoscremesuppe, danach indisches Gemüsecurry mit Rosinen-Nuss-Reis. Als Abschluss gebratene Zimtbananen. Franz aß und schwieg. Aß alles auf. Mit Appetit.

„Bursche, das war gut", war sein einziger Kommentar. Und dazu lächelte er. Er grinste nicht grausig wie in Svens Traum, er lächelte mit einem Anflug von Glück in seinem Gesicht. Sven freute sich.

„Soll ich nächstes Mal wieder Essen bringen, Opa?"
„Natürlich, Bursche. Und ein neues Buch!"

Sven musste sich beeilen, rechtzeitig ins GeZ zu kommen. Die Welt außerhalb des Blindenheims hatte ihn wieder. Aber Shakespeare ging ihm nicht aus dem Kopf. Wer hatte das Buch an der Grenze ins Gras gelegt? Wer?

Am nächsten Tag gingen Jana und Sven nach der Arbeit gemeinsam zur Grenze. Bei Opa Franz war nicht viel los gewesen. Franz hatte sich recht wortkarg gegeben, und Sven hatte schon ungeduldig auf den sicher spannenden Nachmittag mit Jana gewartet.

Wieder gelang es, ungesehen an den Wächtern vorbeizukommen. Diese Männer waren wohl schon schlampig und unaufmerksam geworden. Schließlich taten sie schon jahrelang Dienst und nichts war geschehen. Das kleine Land Norland war umzäunt wie alle Staaten des Kontinents seit etwa zwanzig Jahren. Seit dem *Bruch*. Und langsam fragte Sven sich, wie das damals, als er geboren worden war, wohl gewesen sein mochte. Waren da keine Umzäunungen, keine Grenzen? Bis jetzt hatte er sich dafür nicht interessiert. Außerdem hätte er sich gescheut, danach zu fragen. Es war ein unausgesprochenes Geheimnis wie so vieles. Vater hatte recht mit seiner Wortwahl.

Jana und Sven waren in den Landstrich gelangt, der zwischen der Drahtzaungrenze und der irritierenden zweiten Grenze lag. Sie sprachen nicht, ihr Unterfangen war zu aufregend.

Bei den rot-gelben Wörtern angekommen, blieben sie stehen und warteten. Worauf? Außer Vogelgezwitscher war da nichts. Aber etwas war doch da. Drei Bücher waren diesmal deponiert worden! Drei Bücher, Geschenke eines Unbekannten. Oder waren es womöglich mehrere Spender?

Jana hob alles vorsichtig auf, achtete darauf, dass sie die virtuelle Grenze nicht überschritt.

Sven fasste plötzlich Mut und ging auf diese seltsame Grenze zu. Er blieb abrupt stehen.

„Was ist?", fragte Jana.

„Ich kann nicht mehr weiter, es geht einfach nicht."

Jana drängte daraufhin ein wenig ängstlich zum Aufbruch.

Diesmal war Sven der Mutigere gewesen, ansonsten war das Janas Rolle.

Sie liefen zurück zum Maschendrahtzaun. Ein Gewitter hatte sich zusammengebraut, die Bücher mussten rasch ins Trockene gebracht werden. Die Grenzwächter waren glücklicherweise nicht zu sehen. Sie hatten sich wohl vor dem Regen in Sicherheit gebracht.

Jana und Sven waren bald bei Svens Wohnhaus angelangt.

„Komm doch mit zu mir, Jana."

Zwei Stockwerke höher, eine Tür aufgesperrt, sie waren im Trockenen. Kein Kaffeeangebot, keine Kekse. Obwohl sie durchnässt waren, war das Einzige, was die beiden interessierte, die Titel und die Autoren der drei neuen Bücher. Sie waren froh, dass sie heute keinen GeZ-Termin hatten. Immer öfter wurde ihnen dieses Gesundheitszentrum lästig, wenn nicht gar zuwider. Die Besuche dort zerteilten den Tag, und das schon jahrelang. Aber heute war ja Mittwoch.

Das erste kleine Büchlein, das Jana in die Hände fiel, trug den Titel *Leonce und Lena*. Sie kannten beide den Autor nicht, Georg Büchner. Beim Titel der Geschichte musste Sven an einen ähnlichen Zweiklang denken, „Jana und Sven", doch er sagte nichts. Er hätte sich lächerlich gemacht.

Jana blätterte.

Sven betrachtete das zweite, blau gebundene Buch: *Gedichte* von Hugo von Hofmannsthal. Auch ein Unbekannter. Das Internet konnten sie wie immer nicht befragen, denn es listete bestenfalls Komödien aus neuerer Zeit auf. Ein drittes, sehr kleines Heftchen lag auch noch auf dem Tisch, etwas nass vom Regen. Sie ließen es erst einmal geschlossen.

Jana blätterte in dem kleinen gelben Band, *Leonce und Lena*, den sie als Erstes in die Hand genommen hatte. Sie zitierte:

> *„Er war so alt unter seinen jungen Locken. Den Frühling auf den Wangen und den Winter im Herzen, das ist traurig. Ich glaube, es gibt Menschen, die unglücklich sind, bloß weil sie sind."*

„Sven, das stimmt doch für so viele Leute, die da draußen herumirren wie die Attrappen am Trödelmarkt! Alle haben sie ernste, traurige, oft unglückliche Gesichter. Schau sie dir doch an! Griesgrämig und todernst schauen sie drein. Und sie lassen niemanden in ihre Nähe, sehen niemanden an. Hast du selbst nicht auch oft den ‚Winter im Herzen', obwohl du so jung bist? Dieser Büchner, wer immer das war, hat völlig recht."

Eine Pause entstand. Sie blätterten beide in ihren Büchern, Jana in ihrem dünnen, gelben. Sven im blauen.

Jana begann wieder zu reden:

„Willst du den Schluss von diesem Text von Büchner hören?"

Sie wartete die Antwort nicht ab, sondern las mit Genuss den Text vor:

> *„Wir lassen alle Uhren zerschlagen, alle Kalender verbieten und zählen Stunden und Monde nur nach der Blumenuhr, nach Blüte und Frucht. Und dann umstellen wir das Ländchen mit Brennspiegeln, dass es keinen Winter mehr gibt. Und dann legen wir uns in den Schatten und genießen Makkaroni, Melonen und Feigen.*

Ist das nicht herrlich verrückt? Einfach alles Langweilige und Beengende sein lassen. Wir Norländer sollten das auch einmal probieren, Brennspiegel aufstellen, Uhren zerschlagen und nach der Blumenuhr leben. Das täte uns allzu braven Leuten gut. Aus mit Bravsein! Es wäre Zeit für etwa anderes, auch wenn es bei uns keine Melonen und Feigen gibt.

Und was hast *du* da?", fragte sie Sven. Sven blätterte in seinem blauen Buch und wunderte sich.

„Du, ich glaub', da hat der Dichter darauf geachtet, dass die Zeilenenden jeweils denselben Vokal haben. Hör zu:

> *Es läuft der Frühlingswind*
> *durch kahle Alleen,*
> *seltsame Dinge sind*
> *in seinem Weh'n*
> *Er schüttelte nieder*
> *Akazienblüten*
> *und kühlte die Glieder,*
> *die atmend glühten.*

… wind, … Alleen, … sind, … Weh'n, … nieder, … Blüten, … Glieder, … glühten.

Das ist … äußerst kunstvoll gemacht, … irgendwie … schön …"

Sven getraute sich das Wort „schön" gar nicht auszusprechen. Es gab nicht viel Schönes in seiner Welt, nur Praktisches.

„Das nennt man ‚Reim'", wusste Jana. „Hat mir Oma erklärt. Und so ein Text heißt ‚Gedicht'."

„Eine gescheite Oma hattest du, Jana. Wirklich gescheit …"

Jana nahm ihm das blaue Buch mit den Gedichten aus der Hand. Hugo von Hofmannsthal.

„Was gibt's denn in diesem Buch noch zu lesen? … Ah ja … Hör zu, Sven. Schon wieder ein Text für dich, du ewiger Träumer:

Wir sind aus solchem Zeug wie das zu Träumen,
und Träume schlagen so die Augen auf
wie kleine Kinder unter Kirschenbäumen …

Und so weiter …

Dieser Hugo von Hofmannsthal muss selbst ein Träumer gewesen sein."

Sven unterbrach Janas Redefluss:

„Du weißt, dass es nur mehr wenige Menschen gibt, die träumen, Jana? Und einer von denen bin ich. So erschreckend sie manchmal sind, ich mag meine Träume."

„*Der Traum ein Leben*", fiel ihm ein. Das Theaterstück, auf das seine Blumenleute im Foyer gewartet hatten. Auf seiner Zauberwiese war er träumend gelegen. Es schien ihm lange her.

Jetzt lag nur mehr ein sehr kleines, unscheinbares Bändchen ungeöffnet auf dem Tisch. *Beethoven* stand da. Und darunter: *9. Symphonie.*

Sven hob den Band hoch, blätterte. Er verstand gar nichts. Da waren eigenartige Zeilen, jeweils fünf an der Zahl, und darauf waren kleine, runde, schwarze Zeichen gesetzt. In unterschiedlichen Höhen. Manchmal voll schwarz ausgefüllt, manchmal hohl. Sven wusste damit nichts anzufangen, und Jana auch nicht.

„Ich nehm' das Büchlein mit zu Opa Franz. Der ist alt und weise. Vielleicht kann er mir das alles hier erklären."

Und schon verschwand der dünne Band in seiner Hosentasche.

Am frühen Nachmittag verabschiedete sich Jana mit ihrem üblichen Wangenkuss. Sie würde in den nächsten zwei Wochen keine Zeit für Sven haben. Sie würde einen Fortbildungskurs besuchen, und das war erfahrungsgemäß recht intensiv. Also keine Zeit.
„Aber ich komm' ja wieder", versprach sie Sven.

Auch Martin Mahler, Svens Vater, hatte für die nächste Zeit ein großes Bauprojekt zu leiten, würde also auch kaum Zeit finden, mit ihm über das Geheimnis der Grenze zu sprechen. Bauingenieure, die für den Wohnungsbau arbeiteten, hatten meist eine tägliche Arbeitszeit von acht Stunden. Auf Wohnungsbau legte man großen Wert in Norland. Deshalb die lange Arbeitszeit, die aber sicher nicht das ganze Jahr über anfiel.
Dennoch versicherte Svens Vater seinem Sohn, dass er immer, wenn Sven es wünschte, für Franz kochen würde. Trotz der vielen Arbeit.

Sven beschloss, sich in den kommenden Tagen besonders um Opa Franz zu kümmern. Das war ihm ein Anliegen.
Es musste doch möglich sein, Franz Bauer wieder zu ein wenig Lebensfreude zu verhelfen. Das indische Menü war ein Anfang gewesen. Beim zweiten Besuch aber war er wieder in seine Griesgrämigkeit verfallen, hatte so getan, als ob es nichts mehr Schönes gäbe in dieser Welt. Zumindest nicht für ihn.
Sven kam wieder mit seiner Warmhaltebox zu Franz. Es gab Topfenauflauf mit viel Zucker, eine Spezialität seines Vaters. Opa Franz war neugierig auf das Gericht. Es sah auch köstlich aus.
Schweigend und schnell aß er den Auflauf. Alles was er danach sagte, war:
„Ganz gut. Aber da fehlt Zitronenabrieb."
Probehalber kostete Sven den Topfenauflauf. Richtig. Es fehlte Zitronenabrieb. Hatte sein Vater wohl vergessen. Trotzdem freute sich Sven über die Kritik, denn sie zeigte, dass Opa Franz langsam anfing, an Speisen Geschmack zu finden.
Aber noch etwas hatte Sven mitgebracht. Das kleine unscheinbare Heftchen von Beethoven. Franz erzählte, dass er vor vielen

Jahren, noch vor seiner Erblindung, nicht nur Lehrer für Literatur, sondern auch für Musik gewesen war. Natürlich konnte er mit Beethoven etwas anfangen. Fast liebevoll erklärte er die ausgefüllten und auch die hohlen kleinen Kreise in dem Büchlein. Es handelte sich um „Noten", erfuhr Sven. Je weiter oben die Zeichen auf der Leiter der Notenlinien lagen, desto höher war auch der Ton. Einfach gesagt. Aber Franz musste in seinen Ausführungen einfach bleiben, sonst wäre es für Sven zu viel auf einmal gewesen.

Sven kannte keine Noten, keine Notenlinien, keine ganzen und halben Töne. So etwas war in Norland unbekannt. Nur die alten Leute wussten ein wenig Bescheid. Wozu sollten sie auch Noten lernen, sie musizierten ja nicht selbst. Sie hörten nur ab und zu belanglose Musik aus dem Smartphone.

Franz sagte plötzlich entschlossen:

„Jetzt hab' ich eine Überraschung für dich, Sven. Ich besitze drei Schallplatten: Eine mit Musik von Vivaldi, eine mit Choralgesängen und eine mit der Musik von Beethovens 9. Symphonie. Und diese letzte Platte leg ich jetzt auf, wenn du mir hilfst."

Bisher hatten die Pfleger die Platten für Franz Bauer zum Drehen gebracht, wenn er Lust auf Musik, auf alte Musik, hatte. Jetzt war Sven da. Und mit vielen Anweisungen und Hilfestellungen von Sven schaffte Opa Franz es, trotz seiner Blindheit die Platte zum Tönen zu bringen.

„Ich spiel dir nur den letzten Satz vor, Sven. Es ist die gewaltigste Musik, die ich kenne."

Und dann toste es, schwoll an und wieder ab, klang es einmal leise, einmal laut, wie Flüstern, wie Donner, von großen, strengen Engeln herbeigeführt.

Sven war beeindruckt.

„Aber jetzt kommt's erst, Sven. Jetzt singen sie. Ich hab' leider den Text vergessen, aber sie singen fantastisch. Ich kenn' die Melodie ganz genau:

‚fis-fis-g-a-a-g-fis-e'", sang Franz, „‚d-d-e-fis-fis-e-e'. Irgendetwas mit ‚Freude' war da im Text. Ich kann es auf der Schallplatte nicht gut verstehen, aber das ist egal. Hör zu, es ist fantastisch! Hör genau hin. Beethoven verwendet in den ersten 14 Takten nur fünf verschiedene Töne!"

Sven hörte diese fünf Töne nicht heraus. Natürlich nicht. Den Sinn des Gesangtextes verstand er auch nicht, aber die Musik überwältigte ihn. Sie klang überirdisch, gewaltig, letztgültig. Als ob es nach dem Ertönen dieser Musik keine andere mehr geben werde. Ein Chor sang voller Kraft, und Opa Franz sang mit. „Freude, Freude la-la-la-la-la-la-la-la …"

Sven erfuhr, dass diese Musik in früheren Jahren so etwas wie die Kennmelodie des ganzen Kontinents gewesen war. Das war aber lange her. Jetzt gab es die vielen kleinen Länder, abgeschottet gegen die Nachbarländer, und es gab die Grenzen. Punkt.

Nach zwei Tagen versuchte Sven es wieder bei der Grenze. Allein. Da war kein Buch, kein Heftchen.

Nach weiteren zwei Tagen nochmals dasselbe. Es schien, als ob der Buchspender wartete, bis Jana wieder da war.

Sven widmete sich der Hörschulung von Opa Franz. Mit Musik war sein Schützling ohnehin vertraut, die hörte er auch sehr gut. Was ihm fehlte, war die Wahrnehmung von einzelnen Geräuschen.

Von der Heimdirektion bekam Sven die Erlaubnis, sich mit Franz Bauer weiter weg als nur in den Park zu begeben. Sie fuhren zum Bahnhof. Jahre schon war Franz nicht mit einem E-Taxi gefahren. Er stellte sich aber beim Ein- und Aussteigen recht geschickt an. Schließlich war er nicht nur blind, sondern auch betagt. 81 war ein stattliches Alter.

Auf Bahnsteig 1 gingen sie bis zu einer Bank, auf die sie sich setzen konnten, und warteten. Warteten auf einen magnetisch betriebenen Linienflitzer, der mit hoher Geschwindigkeit durch den Bahnhof einfach durchrasen würde. Die kleine Stadt Walberg war für diesen Zug keinen Halt wert. Die Linienflitzer waren sehr kurz, bestanden nur aus einem Waggon, und waren mit 450 km/h unterwegs.

Bald tauchte der Zug auf. Sven konnte gerade noch sagen: „Pass jetzt gut auf, Opa. Hör genau auf das Geräusch des Zuges."

Es dauerte nur wenige Sekunden, bis der Flitzer wieder weg war.

„Und? Ist dir was aufgefallen, Opa?"

„Der Ton bei Annäherung war um einiges höher als bei Entfernung des Zugs", bemerkte Franz stolz.

„Bravo. Franz! Das hört nicht jeder. Viele haben das noch nie bemerkt. Du schon."

Nach solchen Ausflügen war Sven meistens angenehm müde, und er wollte nichts anderes mehr als vor dem TV-Gerät sitzen und vor sich hin grübeln. Nach der letzten Show, die sie im Fernsehen zeigten, kam eine Sondermeldung des Walberger Rundfunks, dass ein gewisser Franz Bauer aus dem Blindenheim abgängig sei. Sven rannte hinaus auf die Straße und suchte. Endlich fand er Franz auf einem der Plätze der Stadt. Er sang immer wieder „Freude, Freude …", und schrie „Gebt mir eure Uhren, ich will sie zerschlagen, und ich will einen Brennspiegel für unser Land auf die Kirchturmspitze setzen. Helft mir!" Und wieder „Freude …" und wieder „Uhren …"

Sven erschrak so sehr, dass er aufwachte. Er war vor dem TV-Gerät eingeschlafen.

Ein anderes Mal schleppte Sven den Alten die 98 Stufen des großen Glockenturms der Stadt hinauf, um ihn auf das Läuten der verschiedenen Glocken aufmerksam zu machen. Es gelang. Franz konnte danach genau unterscheiden, welche Glocken, ob die große und die mittlere oder die mittlere und die zwei kleinen oder alle auf einmal geläutet wurden.

Opa Franz machten diese Ausflüge Spaß.

Beim nächsten Treffen würden sie ihr Hauptaugenmerk auf den Tastsinn richten, denn Franzens Geschmackssinn war ohnehin schon viel ausgeprägter durch die köstlichen Speisen von Martin Mahler.

„Wie ist dein Nachname, Sven?"

„Mahler. Sven Mahler, Opa."

Und Opa Franz war erfreut über diesen Nachnamen.

„Ein berühmter Komponist hieß so. Das ist schön, dass du seinen Namen trägst. Ja, das ist schön."
Sven hatte davon keine Ahnung.

Eines Tages beschloss Sven, selbst nachzusehen, ob es im Keller des GeZ13 tatsächlich alte Bücher gab, die dort verstaubten. Angeblich war das so, denn das Haus war ja einmal eine Bibliothek gewesen.

Eines Nachts machte er sich auf den Weg. Dass er nicht einfach so den Gebäudekomplex betreten würde können, war ihm bewusst. Darum versuchte er es nachts. Möglich, dass er unbemerkt bei einem der Fenster im Erdgeschoß einsteigen würde können, und danach würde es ein Leichtes sein, zum Keller vorzudringen.

Als Sven aus der auch nachts verkehrenden Schwebebahn stieg, um zum GeZ13 zu gelangen, war ihm alles andere als wohl. Er suchte an der hinteren Front des Gebäudes nach einem ebenerdig gelegenen Fenster, fand sogar drei, und versuchte, eines zu öffnen. Bemerkenswert, dass es nicht verschlossen war, sondern nur angelehnt. Er kroch hinein, leise und vorsichtig. In den dunklen Gängen war es schwierig, die Kellerstiege zu finden, aber es klappte. Unten angelangt fand er einen großen Raum vor, in dem schwaches, sehr schwaches Licht brannte. Nachdem sich seine Augen gewöhnt hatten, sah er, woher das schwache Licht kam. An zwei Tischen saßen zwei junge Leute, ein Mann und eine Frau, die im Schein ihrer geschickt montierten Langtaschenlampen in Büchern lasen. Sven war erstaunt. Sollte es womöglich noch andere Leute geben, die das gleiche im Sinn hatten wie er? In alten Büchern stöbern? Er grüßte leise, bekam noch leisere Antwort, setzte sich an den letzten noch freien Tisch und schaute sich um.

„Da hinten sind die Regale", sagte der junge Mann plötzlich. „Da kannst du nach Texten suchen. Es ist alles ziemlich durcheinander."

„Danke."

Sven war froh, offenbar in diese kleine Taschenlampengemeinschaft aufgenommen worden zu sein.

Er ging zum Regal, nahm sich einen großen Stoß von Büchern, wahllos, und begann zu blättern.

Es war erstaunlich, unglaublich. Da gab es Dramen wie *Die Stützen der Gesellschaft*, *Die Fliegen* von Sartre, Goethes *Faust*, *Antigone* von Anouilh, *Der zerbrochene Krug*, *Die Räuber* und hunderte Bände mehr. Namen wie Ibsen, Schiller, Kleist, Goldoni und Sophokles waren da zu finden. Alles Unbekannte für Sven. Sollte er das alles lesen? Er war verwirrt. Nur eines war klar: Die Schriftsteller, die Dichter, die da warteten, von ihm entdeckt zu werden, waren allesamt schon tot. Texte, die erst nach dem *Bruch* geschrieben worden waren, hatte man digitalisiert, außer sie handelten von Gewalt und Leid. Die älteren Werke waren hingegen dem Vergessen ausgeliefert.

Sven begann mit Goethes *Faust,* aber der Text war ihm zu mühsam, zu gekünstelt. Er versuchte es mit *Nora oder ein Puppenheim,* das ging schon besser. Anscheinend hatte er den Bücherstapel mit den Dramen erwischt. Was ein Drama oder was Prosa war, das wusste Sven. Es war Schulwissen. Noch.

Er holte sich einen anderen Bücherstapel. Prosa aus der Zeit vor dem *Bruch.*

Namen wir Ingeborg Bachmann oder Simone de Beauvoir tauchten auf. *Ein sanfter Tod* war eines von Beauvoirs Werken. Und da las Sven sich fest. Er las und las und las. Ein erschütternder Text war das, der sicher auf der Liste der nicht empfehlenswerten Bücher stand.

Mindesten drei Stunden blieb Sven in diesem Bücherkeller. Als er aufbrach, waren die beiden anderen Leser schon gegangen, Sven hatte das gar nicht bemerkt.

Die kommende Woche, Jana war noch nicht von ihrer Fortbildung zurück, war Svens Leben geprägt von drei Dingen: Besuche bei Opa Franz, wöchentlich dreimaliges Aufsuchen des GeZ17, was seinen Tagesplan wie immer störte, und heimliches Lesen im Keller des GeZ13. Manchmal waren auch ein oder zwei andere im Keller. Die junge Frau, die bei Svens erstem „Leseabend" da gewesen war, kam offensichtlich täglich. Sie war immer da, wenn Sven da war. Still und zurückgezogen. Unnahbar.

An seinen Vater dachte Sven kaum mehr. Die Bücher waren wichtiger für ihn als Martin Mahlers Geheimnisse.

Abends saß Sven wie alle anderen Menschen im Land vor dem Monitor des Fernsehapparats und sah sich eine Show oder eine Komödie an. Daran waren alle Norländer so gewöhnt, dass niemand auf die Idee kam, das Flimmern einmal abzuschalten. Eines aber hatte sich verändert. Sven dachte beim Betrachten des Abendprogramms immer öfter an andere Dinge, an seine Arbeit, an Jana, an die Bücher, an die seltsame Grenze.

Bei all dem vernachlässigte Sven sein Studium ein wenig. Aber bei seiner Auffassungsgabe würde er es bestimmt schaffen, dessen war er sich sicher. Er hatte den letzten Studienabschnitt begonnen, und es fehlte ihm nur mehr die Abschlussprüfung. Also kein Problem.

Wenn Sven Opa Franz besuchte, war da immer etwas Neues zu üben. Die Ideen dazu hatte Sven, Franz fand Gefallen daran.

Seinen Geschmackssinn hatten sie schon geschärft. Sven ließ Franz bei jedem Besuch eine Kostprobe einer Speise kosten, und er musste herausfinden, welche Gewürze verwendet worden waren. Das Essen vom Heim aß er wieder, aber er salzte und pfefferte es davor kräftig. Manchmal bat er den Pfleger, ihm Senf oder Curry zu bringen.

Sie übten auch weiterhin das Hören. Auf der Straße, in Geschäften, in einer Kirche. Bald konnte Franz am Geräusch einer hantierenden Verkäuferin im Supermarkt erkennen, ob sie Kartons oder Tuben in die Regale ordnete, und in der Kirche schulte er sein Gehör, indem er trotz der Stille Geräusche ortete. Das einer Fliege, die sich ins Kircheninnere verirrt hatte, oder das eines Besuchers des einstmals heiligen Ortes, der die Tür öffnete und hereinkam. Franz konnte am Geräusch der Schritte ganz klar erkennen, ob es eine Frau oder ein Mann war.

Er lernte auch, auf das Quietschen der Schwebebahntüren zu hören, im leider noch immer vorhandenen Zoo dem Gebrüll eines Tigers – oder war es ein Löwe? – zu lauschen oder auf das Rauschen der Bäume im Wind zu achten. Er lernte, das Surren einer Wespe von dem einer Biene zu unterscheiden, und wenn es ganz still war, hörte er das Rauschen des Blutes in seinem Kopf.

Der Alte war gesprächiger und umgänglicher geworden.

Nun galt es, den nächsten Sinn zu schärfen, den Tastsinn.

Viermal in der Woche war Sven jeweils zwei Stunden bei Opa Franz. Da war nicht viel Zeit für Sinnesübungen, aber sie nutzten diese kurze Zeitspanne jedes Mal.

An einem sonnigen Vormittag gingen sie spazieren. Natürlich drängte Sven Franz dazu, alles, was er hörte, zu schildern. Es klappte gut.

Da kam ihnen ein Mann mit einem Kinderwagen entgegen und grüßte freundlich, was in Norland ungewöhnlich war. In dem Kinderwagen saß ein etwa einjähriges Mädchen. Sven wagte es, diesen Mann anzusprechen und ihn um etwas zu bitten.

„Verzeihen Sie, mein Begleiter ist blind, und wir wollen seinen Tastsinn schärfen. Darf er die Kleine einmal berühren?"

„Selbstverständlich. Nur zu." Der Mann lächelte.

Sven führte Opas Hand langsam zur Wange des Mädchens. Die „Empfehlungen" der Behörde für Ordnung waren in diesem Moment gleichgültig. Die Kleine staunte, fand das aber scheinbar interessant. Sie schaute Franz direkt in die Augen, bekam aber natürlich keine Erwiderung des Blicks. Der alte Opa Franz strahlte, als er die weiche, warme Wange der Kleinen spürte. Dass sie ihn freundlich ansah, konnte er nicht sehen, aber er konnte sie hören, als sie lachte und quietschte voller Vergnügen. Franz war glücklich, das Mädchen um eine Erfahrung reicher.

„Danke", sagte Opa Franz nur. „Danke."

Der Mann ging wieder weiter.

Die Sinnesübungen mit Franz waren auch für Sven wichtig, das Lesen im Keller ebenso. Die drei Schallplatten hörte er zusammen mit seinem Schützling immer wieder, und es wurde ihm zum ersten Mal bewusst, dass niemand in Walberg, wahrscheinlich auch niemand im ganzen Land, selbst ein Musikinstrument spielte.

Bald würde Jana wieder da sein. Da würde er vieles zu berichten haben.

„Jana wird staunen", dachte Sven. „Sie wird staunen über das, was ich mit Franz alles erlebt hab', und sie wird noch mehr staunen über die vielen Bücher im GeZ13."

Bisher hatte Sven es nicht gewagt, eines der Bücher nach Hause mitzunehmen. Vielleicht mit Jana zusammen?

Bei Opa Franz sah er große Fortschritte, aber er merkte, dass Franz sein Blindsein immer mehr bedauerte. Deshalb sagte er ihm einmal nach einem Spaziergang:

„Weißt du, du hast die Farben, die es in der Welt gibt, verloren. Das Blau, das Grau, das Rot, das Grün gibt es für dich nicht mehr, und das wird auch so bleiben, Opa. Aber du hast die Welt von Hart, Weich, Rau und Glatt gewonnen. Mehr als alle anderen. Und du kannst den Flügelschlag eines Schmetterlings akustisch unterscheiden von dem einer Libelle, das ist fabelhaft!"

Einmal bat Franz Sven, er möge ihm ein Bild genau schildern.

„Ein Bild? Aber es gibt keine Bilder in Norland!"

„Ich meine ja kein Original. Einfach eines aus den Ausstellungskatalogen deines Vaters."

Sven fiel das Gemälde *Der Schrei* von Munch ein. Ein Bild aus einem Katalog, aber auch ein Bild aus einem seiner Träume.

Am nächsten Tag brachte Sven diesen Katalog mit ins Blindenheim.

„Hör zu, Opa. Da steht eine Frau mit grünlichem Gesicht an einem Brückengeländer, die aufgerissenen Augen sind auf den Betrachter gerichtet. Hinter und über der Frau beherrscht ein in Orange gemalter Himmel das Bild. Es sieht aus wie Feuer. Vielleicht das Feuer eines Vulkanausbruchs? Wer weiß. Und ganz weit weg, im Hintergrund, reden zwei Männer miteinander.

Die Frau schreit und schreit, sie schreit ganz fürchterlich. Man kann es fast hören."

„Ist sie allein?"

„Ja, allein. Zumindest weit weg von den Männern im Hintergrund. Aber jetzt wird's interessant, Opa. Neben der Frau steht ein ganz klein gemalter Arzt im weißen Kittel, dem die Frau respektlos die Zunge zeigt. Daraufhin steckt ihr der Arzt ein flaches Holzstück in den Hals …"

Franz unterbrach ihn:

„Bursche, das glaub' ich nicht. Das hast du wohl geträumt!"

Sven schämte sich. Er hatte Franz zum Narren gehalten.

„Entschuldige, aber ich wollte dir spaßhalber ein Bild aus einem meiner Träume beschreiben. Entschuldige."

„Vielleicht sind ja die Träume wichtiger als die Wirklichkeit, Bursche. Malst du eigentlich selbst, Sven?"

Zum ersten Mal wurde es Sven bewusst, dass niemand in Norland malte, niemand. Keine selbst gemalten Bilder, keine selbst gespielte Musik, geschweige denn eigene Kompositionen. Da war nichts. Einfach nichts. Und sicher auch keine selbst geschriebenen Bücher. Das war schon immer so, zumindest seit Sven ein ganz kleines Kind war. Warum war das so?

Bei seinem nächsten Besuch brachte er Franz etwas Besonderes mit. Dass es etwas Besonderes war, das hatte zumindest sein Vater gemeint. *Sergeant Peppers Lonely Heart Club Band* von den Beatles. Sven kannte diese Musik nicht.

Opas Gesicht wurde heller und heller, seine Augen, die toten Augen begannen zu glitzern und zu leuchten, als er den Rhythmen lauschte. Er bewegte sich sogar zur Musik. Es war großartig anzuschauen.

„Weißt du, Opa Franz, du bist ein Weiser aus dem Morgenland. Du kennst die Bücher, von denen ich dir erzählt hab'. Von Büchner, Ibsen, Goethe, Schiller, Bachmann und wer weiß noch alles. Du kennst dich mit Musik aus wie kein anderer. Und ich finde, das ist weise."

Franz war fast beschämt über so viel Lob. Versuchte, es zu schmälern: „Dass ich mich mit Büchern und Musik auskenne, ist nur natürlich, Sven. Ich hab' das ja alles unterrichtet, bevor ich dreißig war. Ich hab's einst gelernt, weißt du."
Opa Franz blieb ein Weiser für Sven.

Eines Tages meinte Franz. er hätte nun die Schulung seiner drei verbliebenen Sinne mit Erfolg abgeschlossen. Er wünsche ein Zertifikat.
„Das bekommst du, Opa. Das bekommst du."

Noch bevor Jana von ihrer Fortbildung zurückgekehrt war, geschah Trauriges. Die Leiterin des Blindenheims eröffnete Sven, dass die frühere Betreuerin von Franz Bauer zurückkehren und er, Sven, dadurch nicht mehr gebraucht würde. Er wäre ja von Beginn an als Aushilfe gedacht gewesen. Frau Haller tat es auch leid, aber es ginge einfach nicht anders.
Zerknirscht und geknickt fuhr Sven nach Hause. Er nahm sich vor, Opa auf jeden Fall einmal die Woche zu besuchen, auch ohne Bezahlung.

Die geheime Bibliothek im GeZ13 und die unerklärlichen Bücherfunde an der Grenze beschäftigten ihn jetzt wieder mehr. Jetzt, ohne Franz.

An dem Abend, als Jana sich endlich wieder mit Sven treffen konnte, sprachen sie von nichts anderem als vom Keller des GeZ13 und von den Buchgeschenken an der Grenze. Unbedingt wollten sie da wieder hin, das war klar. Dass Sven jetzt arbeitslos war, war nicht bedeutsam. Das Grundeinkommen reichte aus.

Am nächsten Tag gingen sie den inzwischen gut bekannten Wanderweg, der im Steilen endete, nach oben. Es war einfach, bis zum Zaun mit dem Schild *Gehen Sie nicht über die Grenze!* zu kommen und danach bis zur zweiten Grenze mit demselben Text, aber einem im Nichts schwebenden Text. Jana vermutete, dass die Schilder vom BfO aufgestellt worden waren.

„Natürlich nur zu unserem Schutz, nicht wahr?", meinte Sven sarkastisch.

Diesmal war da kein Buch. Diesmal lag da eine zusammengefaltete Landkarte, aber leider jenseits des magischen, schwebenden Zauns, den Sven das letzte Mal nicht überwinden hatte können. Sie probierten beide, einen Weg zu finden, um hinüberzugelangen. Plötzlich glückte es. Jana hatte ihr Handy in den Rasen gelegt und erst dann die Grenze zu überwinden versucht. Es klappte. Sven tat es ihr gleich. Er hatte ein Handy und auch ein Notebook bei sich, das alles musste ins Gras. Die digitalen Geräte waren außer Gefecht. Erst dann konnten Jana und Sven bis zu dieser jenseits des seltsamen Zauns deponierten Landkarte gelangen. Sie hatten keine Zeit, sie jetzt sofort zu betrachten.

Als sie sich wieder anschickten zurückzugehen, war da plötzlich jemand am Rand des dichten Laubwaldes jenseits der Grenze zu sehen. Es war eine Frau, so viel konnten sie erkennen. Eine junge Frau. Sie winkte ihnen zu und verschwand im Schatten der Bäume. Offensichtlich hatte diese Frau die Landkarte dorthin gelegt. Ganz sicher. Es war gespenstisch. Wer war diese Frau gewesen?

Schnell liefen Sven und Jana zurück in Richtung Walberg, mit der Landkarte im Gepäck. Sie trachteten, möglichst nicht in die Nähe der Wächter zu gelangen und schlichen sich wieder durch die Absperrung.

Am Abend sahen sie sich die seltsame Karte an. Da war Norland eingezeichnet, mit den bekannten Grenzen. Im Westen sollte Etonien an Norland grenzen, so hatten Jana und Sven es im Homeschooling gelernt. Aber diese Karte, die da vor ihnen lag, stimmte nicht, das war klar. Auf dieser Landkarte grenzte im Westen nicht Etonien, sondern da war ein lang gestreckter Landstrich, der sich vom Süden bis weit in den Norden zog, der aber auf seiner ganzen Länge direkt an Norland anschloss. Er war nicht breit, dieser Landstrich, vielleicht zehn Kilometer, aber lang, vielleicht achtzig Kilometer.

„Ich versteh' das nicht!" Sven war ratlos.

„Da gibt es noch ein Land, das im Westen an unseres grenzt."

„Glaubst du? Nein, das kann nicht richtig sein."

Jana war sich nicht sicher. Ob die Landkarte fehlerhaft war?

Quer über das lang gezogene Gebiet stand der Name *Andoland*. Details waren aus der Karte nicht zu entnehmen.

„Es sieht aus wie eine ‚Terra incognita'", meinte Jana mit ihren Lateinkenntnissen, auf die sie stolz war.

„Ein unbekanntes Land", erklärte sie Sven.

Wie war das möglich? Sven begann, an einen Traum zu glauben.

Sie beschlossen, am nächsten Tag noch einmal zur Grenze zu gehen und später auch Svens Vater und Franz zu fragen, was sie von all dem hielten.

In der Nacht sah Sven einen riesigen, verstaubten Stapel aus Landkarten. Franz kroch mühsam, aber lachend daraus hervor und meinte: „Na, habt ihr es endlich gefunden?"

Was sie gefunden haben sollten, war unklar. Aber Franz lachte.

Sven konnte den nächsten Tag kaum erwarten. Janas Arbeit war erst mittags zu Ende, und Sven hatte am Vormittag nichts zu tun. Er schaute fern, war aber nicht bei der Sache. Immer wieder sah er statt der Fernsehbilder die junge Frau, die ihnen zugewunken hatte.

Jana war zum vereinbarten Zeitpunkt bei Sven. Sie vergaß in der Aufregung sogar den Wangenkuss.

Nach einer kurzen Wanderung waren sie wieder bei der rotgelben Grenze.

In einiger Entfernung war etwas noch Undeutliches im Gras zu sehen. Die digitalen Geräte, die sie bei sich trugen, mussten wieder abgelegt werden, das war ihnen inzwischen klar. Und je näher sie nun zu den Gegenständen kamen, die da lagen, desto klarer formte sich ein Bild. Das eine war eine Geige samt Bogen.

So etwas kannte Sven nur von Bildern. Niemand spielte mehr selbst Geige in Norland. Das zweite war ein Zeichenblock mit Farbpalette und Pinsel. Jana und er standen so überrascht und ratlos vor diesen Gegenständen, dass sie nicht merkten, wie die junge Frau vom Tag davor, diesmal in Begleitung einer alten Frau, aus dem Wald und auf Sven zukam. Immer näher. Sven erschrak. Die Frau ergriff seine Hand, schüttelte sie – etwas, das in Norland untersagt war – und umarmte ihn schließlich. Ein Kuss auf die Wange, wie von Jana, vervollständigte die verbotenen Handlungen.

„Ich bin deine Schwester", sagte sie zu Sven.

Schwester? Schwester? Welche Schwester? Sven verstand gar nichts.

Die junge Frau drehte sich um und ging mit der Alten zurück in den Wald.

Jana und Sven waren so erstaunt, dass sie regungslos dastanden und nicht auf die Idee kamen, die beiden Fremden aufzuhalten.

„Du bist blass, Sven", brach Jana die Stille.

„Natürlich."

Beinahe waren sie von den Wächtern gesehen worden. Es ging gerade noch gut. Die Geige unter Svens rechtem Arm, den Bogen in seiner Linken, Malblock, Pinsel und Palette in Janas Obhut, so gingen sie schweigend den Wanderweg zurück bis zu Janas Haus. Vielleicht war ja ihre Mutter daheim, vielleicht auch nicht.

Dass sie soeben in dem scheinbar geheimen Landstrich zwischen Norland und Etonien gewesen waren, machte Sven sprachlos. Jana hingegen fand ihre Sprache bald wieder.

„Komm rein, Sven. Wenn Mutter da ist, interessiert sie sich sicher für unser Abenteuer. Sie ist sehr großzügig und kann Geheimnisse bei sich behalten."

Janas Mutter war tatsächlich daheim. Die Begrüßung war kurz, aber herzlich.

„Das ist Sven, Mama."

Janas Mutter streckte die Hand aus, wie davor Svens angebliche Schwester, und schüttelte seine Rechte, nachdem er die Geige auf der Ablage im Vorzimmer deponiert hatte. Dass Händeschütteln untersagt war, schien die Mutter nicht zu stören.

„Willkommen, Sven. Ich bin Mia. Was ist mit dieser Geige, um Himmels Willen?" Sie war erstaunt.

Und dann erzählten die beiden alles, was sie erlebt hatten. Einfach alles. Sven war kurz beunruhigt. Würde die Mutter es irgendjemandem weitererzählen? Nein, Jana war sich sicher gewesen bei der Einschätzung ihrer Mama.

Mia hörte gut zu und meinte am Ende, dass es sicher Menschen gäbe, die so ein Instrument spielen oder mit dem Pinsel malen konnten.

„Und wieso lag das Instrument an der Grenze? Wieso der Pinsel und die Palette? Wieso das alles, Mama?"

Mia machte den Eindruck, als ob sie mehr wüsste oder vermutete. Sie sagte aber nichts außer:

„Ihr werdet später verstehen. Lasst euch Zeit, keine Eile, ihr beiden."

Da war also jemand, der ihnen mehr sagen konnte, aber nicht wollte. Warum?

Janas Mutter war eine auffallende Person. Sie war in einen bunten, rot-gelb-goldenen Kimono gehüllt, hatte bunte Fingernägel, rot, gelb, gold, sie war einfach bunt. Wie ihre Tochter. Wenn sie sprach, dann begann sie manchmal recht rasch in eine ihrer Theaterrollen zu schlüpfen. Sie verwandelte sich in eine Königin, eine verstörte Mutter, eine Schriftstellerin, eine schrille egoistische Frau ohne Manieren.

„Die Welt ist ein Theaterstück. Spielt eure Rollen gut, ihr spielt ums Leben", deklamierte Mia.

„Das hat Kästner gesagt. Und vielleicht hat er ja recht, dieser Kästner. Womöglich ist alles, was wir hier erleben, die Inszenierung eines stümperhaften Regisseurs. Macht euch nicht zu viele Gedanken. Es wird sich alles aufklären."

Mia sprach in Rätseln.

Dann redete sie weiter. Sie trauerte der Zeit nach, in der sie Shakespeares „Julia" gespielt hatte. Oder Fausts „Gretchen". Sie schwärmte von ihrer Jugend wie von jemand anderem. Die junge Mia nahm in ihrem Kopf viel Raum ein. Und sie wusste nicht, ob sie traurig darüber sein sollte oder froh, das alles erlebt zu haben. Die Theaterwelt war für sie vergangen und zugleich gegenwärtig. Jetzt aber, seit dem *Bruch*, spielte sie nur Rollen für ältere Frauen in irgendwelchen Boulevardkomödien.

„Na ja, früher …, als mein Mann noch lebte … da war …" Und schon weinte Mia ein wenig. Gleich darauf aber lachte sie.

„Was war der *Bruch*?", Jana stellte die Frage, die sie und Sven sich schon lange stellten.

Mia gab keine Antwort, redete weiter. Wie ein schnatternder Paradiesvogel war sie. Bestrebt, ihre rot-gelb-goldene Existenz zu bewahren. Diese Frau passte nicht nach Norland. Sie war anders. Sie war eine Stimme von einem anderen Stern, die noch immer redete.

Sven aber hörte nicht mehr zu. Er dachte an die Frau, die zu ihm gesagt hatte: „Ich bin deine Schwester." Sie ging ihm nicht mehr aus dem Kopf. Ihr Bild klebte auf seiner inneren Leinwand wie ein Filmplakat. Schwester. Schwester. Er wusste von ihr nur, dass sie mit seiner Mutter „weggegangen" war. Sonst nichts.

Mia trank den Rest Wein, der noch in ihrem Weinglas war und machte den Eindruck, dass sie jetzt die Unterhaltung mit ihrer Tochter und deren Freund nicht mehr wünschte.

Bevor sie einander Adieu sagten, wollte Jana Sven noch etwas zeigen. Auf dem Kasten in ihrem Zimmer stand eine Schachtel, die Jana vorsichtig an sich nahm. Im Inneren der Schachtel fanden sich sogenannte „Postkarten". Karten, meist bunte Fotografien, die man früher an Freunde geschickt hatte, wenn man verreist war. Diese Postkarten in Janas Schachtel waren sicher vor dem *Bruch* abgeschickt worden, denn später gab es kein Reisen mehr. Wie einen kostbaren Schatz nahm Jana ein paar Karten an sich und zeigte sie Sven. Auf jeder war die Unterschrift zu sehen: „Gruß, Mutter." Es waren Karten, die Janas Oma an Mia, ihre Tochter, geschickt hatte. Jana war damals ja noch ein Säugling oder gar noch nicht auf der Welt.

„Schau, Sven. In all diese Länder konnte man früher reisen und meine Oma hat das genossen. Sie ist viel gereist und hat nie vergessen, ihrer Tochter Mia zu schreiben."

Sven sah sich die Kartenmotive an. Da waren der sogenannte Schiefe Turm von Pisa, Posta della Italia, eine Almhütte aus der Schweiz, Posta Helvetia, die Brandung an der Pazifikküste Frankreichs, Poste de la France, sogar ein Foto von Oma zusammen mit vier dunkelhäutigen Menschen aus Afrika, Kongo, Poste Republique du Congo.

„Man könnte neidisch werden oder auch zornig, weil das heute alles nicht mehr möglich ist." Sven klang erbost.

„Damals hat es noch große Länder wie Italien, Schweiz, Frankreich, Kongo gegeben. Jetzt gibt es überall nur mehr zerstückelte Ländereien, Landstriche mit Namen, Zwergstaaten wie Norland. Aus lauter Angst vor der Seuche ist Europa zerschnipselt worden. Ein Puzzlespiel.

Heb sie gut auf, diese Karten, Jana."

„Ja, sicher. Die Postkarten sind die letzte Erinnerung an Oma. Sie ist wohl für immer verschwunden. Irgendwo verunglückt."

„So wird es gewesen sein", sagte Sven.

„Und niemand hat ihre Überreste gefunden."

Jana und Sven verabschiedeten sich, ohne wirklich auseinandergehen zu wollen. Die Geige mit Bogen und den Zeichenblock mit Pinsel und Farbpalette ließen sie in Janas Zimmer. Schließlich trennten sie sich, und Sven fuhr mit einem E-Taxi nach Hause.

Als er in das Taxi gestiegen war, staunte er. Oder erschrak er? Sämtliche Insassen starrten ihn neugierig an. Und alle waren sie in rot-gelb-goldene Kimonos gehüllt. Zitternd setzte er sich. Einer der Mitfahrenden rief so laut, dass alle es hören konnten:

„Wo ist deine Schwester?"

Ein beherzter Fahrgast weckte Sven mit einem lauten „He."

Die anderen, die im Taxi saßen, hatten ihre PPs vor sich, grau gekleidet, grau im Gesicht. Niemand sah ihn an. Niemand fragte ihn etwas. Alles war wie immer. Ein graues Dasein, in dem das Leben verboten war.

Sven dachte an Mia und an Jana. Die beiden waren schillernd und bunt. Da war kein Grau.

In seinem Kopf war noch immer der Traum, in dem er eine mollige Frau mit roten Haaren – vielleicht seine Mutter – mit einem Kleinkind auf dem Arm, einem Mädchen, gesehen hatte. Die Frau schien ihm nicht sehr liebenswert in seinem Traum. Die Kleine würde jetzt so etwa 21 Jahre alt sein, wenn Sven den mysteriösen *Bruch* als Zeitpunkt des „Weggehens" annahm. Noch nie zuvor hatte er sich Gedanken gemacht, was dieser *Bruch* nun eigentlich genau gewesen war. Es war wie beim Urknall. Niemand fragte nach dem Davor, weil es kein Davor gab. Die Zeit hatte mit dem *Bruch* begonnen. Und dass es sicher eine gute Zeit war, die damals begonnen hatte – ganz bestimmt hatte sie damals begonnen – das wusste Sven aus dem Schulunterricht und aus sämtlichen Medien, zu denen er Zugang hatte. Janas Postkarten aber waren ein stummes Signal aus einer Vergangenheit, die tabu war. Es sollte kein „Davor" geben. Sollte. Aber die Postkarten waren nun einmal da.

Wie war es denn jetzt – zwanzig Jahre nach dem *Bruch* – um die Menschen bestellt? Sie hatten alles, was sie brauchten. Allen ging es gut, das war unbestritten. Der *Bruch* war der Beginn einer guten, sicheren Zeit.

„Am Anfang war der *Bruch*." Das war so und würde immer so sein.

Sven stieg aus, seinen Vater traf er nicht mehr an. Wo er war, wusste Sven nicht.

Am nächsten Tag ging er schon am frühen Morgen, während Jana arbeitete, allein den üblichen Weg Richtung Grenze. Er und Jana hatten schon längst eine Stelle im Zaun gefunden, die von den Wächtern nicht einsichtig war. Ein toter Winkel. Fast erwartete Sven, diesmal nichts vorzufinden, da Jana nicht bei ihm war.

Es kam anders. An der Grenze sah er zwar niemanden jenseits des Grenzstreifens, aber er fand etwas anderes. Da lag ein silbrig schimmernder, flacher Behälter, ähnlich den früher verwendeten Zigarettendosen. Heute rauchte niemand mehr. Er hob die kleine Dose auf, öffnete sie und fand einen handgeschriebenen Brief.

Svens Finger zitterten. Mit der Hand schreiben, das konnten in Norland nur die Älteren.

In dem Brief standen sechs Worte:
Geht zum Blinden, der sieht mehr.
Damit konnte nur Opa Franz gemeint sein. Wer wusste von ihm? Wer hatte den Brief hierhergelegt?

Sven wartete auf Jana, dann fuhren sie beide zu Franz. Die Heimleitung hatte Verständnis dafür, dass Sven diesmal eine Begleiterin mitbrachte. Und Franz freute sich.

„Sicher ein tolles Mädel, das du da mitgebracht hast, Bursche! Warum seid ihr hier? Wo brennt's?"

Und dann erzählten sie, wie davor schon bei Mia, von den Funden an der Grenze. Bücher, eine Geige, ein Malpinsel.

Opa Franz grinste wie einer, der etwas weiß, aber noch nichts sagen will, wie Mia.

Und dann sprach er. Sprach viel. Sprach von Gesetzen, die er jetzt überschreiten werde, von Geschichten aus früherer Zeit, über die alle schweigen.

„Diese Geschenke an der Grenze sind wohl eine Aufforderung. Wie ist es denn in Norland, Bursche? Wie ist es denn bei uns, junge Frau?" Franz redete weiter und machte den Eindruck, alles loswerden zu wollen.

„Bücher, eine Geige, ein Malpinsel. Das sind doch Dinge, die in Norland niemand mehr braucht. Niemand liest oder schreibt gar Bücher. Man hat die Flimmergeräte. Niemand musiziert, die Musik kommt letztlich immer aus irgendeinem Apparat. Niemand malt, ist doch zu nichts nutze. Und niemand kommt einem anderen zu nahe, berührt gar jemanden, und sei es nur zum Händeschütteln. Niemand wird mehr berührt. Niemand ist mehr berührt. Niemand zeigt mehr Gefühle, und es ist unklar, ob es so etwas wie Gefühle noch gibt. So ist das bei uns. Vielleicht will euch jemand sagen, ihr sollt lesen, schreiben, Musik machen, malen. Vor allem sollt ihr einander umarmen, auch wenn es – angeblich – gefährlich ist. Wenn einer nicht umarmt wird, keinen anderen spüren darf, wie soll der ein Liebesgedicht schreiben oder die *Chaconne* von Bach spielen?"

„Und wieso liegen diese Dinge an der Grenze? Wer legt sie dort ab?" Jana wurde ungeduldig.

„Langsam, junge Frau, langsam.

Vor etwa zwanzig Jahren hat diese Geschichte begonnen. Eine fürchterliche Seuche hat sich ausgebreitet. Unbeherrschbar. Wie die Pest im Mittelalter."

Sven und Jana kannten die Sache mit der Pest nicht, und sie wussten auch mit dem Wort „Mittelalter" nichts anzufangen. Man hatte ihnen die Vergangenheit verschwiegen. Es gab ja nur Erzählungen und Aufzeichnungen aus der Zeit seit dem *Bruch*.

„Und weiter, Opa. Was war dann?"

„Die Wissenschaftler haben unermüdlich gearbeitet, um ein Medikament zu finden. Und es ist ihnen gelungen! Die bräunliche Flüssigkeit, die ihr dreimal pro Woche einnehmen müsst, schützt euch vor der Seuche. Und dass ihr auch keine anderen Krankheiten bekommt, ist auch auf den ‚Immunschnaps' zurückzuführen, aber das wisst ihr ja."

„Und was hat das alles mit der Grenze zu Etonien zu tun, Franz?"

„Langsam. Ich kann nicht so schnell reden. Die Grenze zu Etonien ist nicht die Grenze zu Etonien, wisst ihr. Aber habt Geduld, da muss ich etwas ausholen.

Die Sache mit der Immunisierung damals, die hatte viele unangenehme Haken gehabt. Ein Haken war, dass die Leute einander weiterhin nicht berühren durften, um gesund zu bleiben. Ein zweiter Haken war, dass die jungen Menschen möglichst wenig erfahren sollten von der Zeit vor der Seuche, vor dem *Bruch*. Früher war ja vieles schlechter, manches aber besser gewesen. Jeder der Älteren, der etwas über die Zeit davor erzählt hat, ist bestraft worden. Empfindlich bestraft. Natürlich haben alle den Mund gehalten. Und dass ihr heute von diesem ‚Immunschnaps' abhängig seid, ist für euch junge Leute eine unverrückbare Tatsache, aber die Alten, die denken oft an die Zeit davor. Die Zeit, in der alles anders war. In der man auch manchmal krank geworden ist. In der es aber so etwas wie Beethovens Neunte oder *Imagine* von den Beatles gegeben hat."

„Die Grenze, Opa! Die Grenze! Komm zum Punkt", erinnerte Sven ihn.

„Gleich, gleich."

Eine kleine Pause entstand, bis Franz weiterredete:

„Und da begann die Schuld ..."

„Eine Schuld? Welche Schuld? So rede doch!"

„Also entweder ihr wollt wissen, wie sich alles entwickelt hat, oder nicht. Also?"

„Ja, klar wollen wir das wissen", lenkte Jana ein.

„Was war der nächste Haken?"

„Na ja ... Das war wirklich ein großer Haken. Es war ..."

„Raus mit der Sprache, Franz!"

„Es war so. Diejenigen Mitbürger, die Blutgruppe B-positiv gehabt haben, waren ... unbehandelbar. Keiner hat gewusst, warum. Das Medikament hat bei ihnen einfach nicht gewirkt, weiß der Teufel, warum. Schließlich sind die verantwortlichen Politiker auf die Idee gekommen, die B-Positiven auszusiedeln und sie sehr gut dafür zu entschädigen. Und da begann die Schuld ... Man hat eine Art ‚Reservat' geschaffen. Ein großes Gebiet, das sich heute noch immer westlich von Norland erstreckt. Diejenigen, die in diesem Landstrich ursprünglich gewohnt haben und nicht B-positiv waren, konnten bleiben, wenn sie wollten, oder nach Osten, nach Norland, übersiedeln. Die meisten von ihnen sind weggezogen, weil sie Angst vor den vielleicht infizierten Neuankömmlingen gehabt haben und weil sie ein Leben ohne Krankheiten, wie es im Kernland von Norland eines war, sehr verlockend gefunden haben. Einige wenige aber sind geblieben."

„Und was war mit den B-Positiven, den Unbehandelbaren, die hier bei *uns* gelebt haben? Die mussten weg? Wurden ausgesiedelt? Mussten ins ‚Reservat'?"

„Ja, die mussten umgesiedelt werden. Richtung Westen. Sie mussten einfach. Und das ist die Schuld der Norländer Entscheidungsträger, von der ich gesprochen hab'. Na ja ... Der Druck war groß. Man hat sogar vom Aussterben der Menschheit geredet für den Fall, dass der politische Plan der Umsiedelung nicht eingehalten worden wäre. Und so ist eine Art ‚Gegenstromumsiedlung' entstanden. Die Bewohner im Westen, die nicht B-positiv waren, sind in den Osten gezogen, ins Kerngebiet von Norland, zu den ewig Gesunden. Die B-Positiven aus dem Kerngebiet von Norland sind in den Westen gezogen, in das neue Land, das ‚Gehege', wie es viele genannt haben. Die Behörden haben genau geachtet auf die Umsiedlungen, konnten die Leute aber nicht zwingen umzuziehen. Manche wenige Bürger sind einfach geblieben, wo sie waren, und haben gedacht ‚Es wird schon vorübergehen.' Und seitdem gibt es ein Land mit allen Blutgruppen außer B-positiv, unser Land, Norland. Und im Westen gibt es ein Land mit fast nur B-Positiven, Andoland."

Sven kannte diese Bezeichnung aus der Landkarte, die sie gefunden hatten.

„Andoland? Gibt's das auch heute noch?"

„Ja, natürlich. Und die Grenze, bei der ihr schon öfter wart, ist die Grenze zu Andoland, nicht die zu Etonien. Etonien ist weiter weg, und zwischen Norland und Etonien liegt Andoland, verschwiegen von allen. Keiner weiß wirklich etwas über dieses Land. Keiner."

Jana und Sven staunten. Was hatte man ihnen da alles vorenthalten? Zorn auf das BfO, auf den Obersten Rat und auf die damaligen Verantwortlichen stieg in ihnen hoch. Aber auch Zorn auf die Älteren, die aus Furcht vor Strafe nichts erzählt hatten.

„Wie hat man die B-Positiven denn entschädigt dafür, dass sie gezwungen worden sind wegzugehen?"

„Da wird's jetzt interessant, Bursche. Und junge Frau. Man hat den Betroffenen, die wegziehen mussten nach Andoland, sämtliche Originalgemälde und -zeichnungen von alten und neuen Meistern überlassen. Einfach alle, die da waren. Die Galerien sind leergeräumt worden, denn das Schuldgefühl war groß. Den Bewohnern von Norland sind nur die Ausstellungskataloge geblieben, doch das ist natürlich kein Ersatz. Und noch etwas: Fast alle Musikinstrumente hat man den Aussiedlern mitgegeben. Bratschen, Geigen, Cellos, sogar Klaviere. Das schlechte Gewissen der Norländer Politiker war offensichtlich groß, und die Verantwortlichen waren künstlerisch nicht besonders interessiert. Natürlich haben sich die Bürger von Norland zu wehren versucht. Sie wollten ihre Musikinstrumente nicht hergeben. Aber die Verantwortlichen haben es geschafft, die Leute glauben zu machen, dass die Aussiedler diese Instrumente und auch die Gemälde als Entschädigung vehement verlangt hätten und gedroht hätten, alles dem Gericht in der Hauptstadt des Kontinents zu melden. Das war alles gelogen, klar. Schließlich fügte man sich in Norland. Keine Instrumente mehr. Keine Gemälde. Das Überleben trotz Seuche war wichtiger.

Diejenigen, die ausgewiesen worden sind aus Norland, die dachten wiederum, dass sie die Musikinstrumente und die Gemälde als gern gegebenes Geschenk des Kernlandes erhalten hätten, als Ausgleich fürs Auswandern. Sie haben sich gefreut über diese Großzügigkeit. ‚Oder war es doch das schlechte Gewissen?', dachten einige Kluge.

Alle wurden belogen damals. Alle.

Die Folge war: Niemand in Norland hat mehr Zugang zu Gemälden gehabt, und niemand hat mehr musiziert. Das Interesse war einfach nicht mehr da. Die einzigen, die noch Geige oder sonst etwas spielen konnten und das Instrument haben behalten dürfen, waren zwei oder drei Hochbegabte, die berühmt waren. Und denen hat nach ein, zwei Jahren niemand mehr zugehört. Der Digitalismus hat daraufhin alles überrannt. Alles. Das Interesse an bemerkenswerten Gemälden, auch das an lebendiger Musik, war verschwunden.

Bücher schreiben, ja, das wäre gegangen, aber ich hab' euch ja gesagt: Ein Mensch, dessen Arme oder Schultern oder Wangen nie berührt werden, der schreibt kein Buch. Die Kunst und die Schönheit sind gestorben in Norland. Und schaut euch doch die Leute einmal an: Die E-Taxis, Schwebebahnen, Busse sind voll von grauen, traurigen Gestalten, oder? Sie kleben an ihren Bildschirmen wie die Fliegen am Honig, und das war's dann auch schon."

Sven kam diese Beobachtung bekannt vor. Ähnliches war ihm und Jana vor einer Weile auch bewusst geworden. Jana früher als ihm. Waren sie denn alle in eine gemeinschaftliche Depression gefallen? In kollektive Grauheit und Trauer?

„Was ist mit den Büchern passiert, den echten, aus Papier?"

„Einen Großteil haben die Aussiedler einfach mitgenommen nach Andoland, ohne zu fragen", erzählte Franz mit einem Lächeln.

„Manche sagen, sie haben die Bücher gerettet. Und die Dramen und Romane, die in Norland geblieben sind, sind im Lauf der Jahre verloren gegangen, weil die digital aufbereiteten Geschichten viel einfacher zu lesen oder anzuschauen waren. Dass die alten Bücher viel Interessanteres zu bieten hatten als die kurzen Taxigeschichten, haben die Leute nicht begriffen. Die Schriften und Texte sind in Vergessenheit geraten. Ein paar Menschen lesen ja noch im GeZ13, aber das weißt du ja, Sven. Bist ja selbst so ein Verbrecher", Franz lachte.

„Und noch etwas will ich euch sagen: Die Leute in Norland, die den *Bruch* erlebt haben, haben in den ersten zwei Jahren danach hinter vorgehaltener Hand von den ‚Aussätzigen', den ‚Parias', und schließlich von ‚denen da drüben' gesprochen. Bis die Regierung dieses hinterhältige Getuschel bei Strafe untersagt hat. Die Älteren sind zum Stillschweigen, na ja …praktisch gezwungen worden. Die Jüngeren haben von nichts gewusst. So ist das Wissen und die Erinnerung an das andere Land, das heimliche, langsam verloren gegangen. Es war beinahe perfekt, aus der Sicht der Regierung.

Aber ich will, dass ihr eines wisst:

Andoland ist immer ein Teil von Norland geblieben, wenn auch abgeschottet.

Ich weiß nicht, ob andere Länder auch solche ‚Reservate' geschaffen haben, aber ich glaub' schon."

„Danke, Franz."

Sven und Jana waren aufgewühlt, aber froh, das alles erfahren zu haben. Sie schenkten Opa Franz das silberne Zigarettenetui, in dem Sven die handschriftliche Aufforderung gefunden hatte, Franz aufzusuchen.

„Noch eine Frage hab' ich, Opa. Was ist mit meiner Mutter und meiner Schwester? Hab' ich überhaupt eine?"

„Da musst du deinen Vater fragen. Über Details und über Familiendinge weiß ich nichts, Bursche. Frag deinen Vater. Der wartet vielleicht schon drauf."

Jana und Sven verabschiedeten sich, verließen stumm das Blindenheim, redeten auch draußen auf der Straße zunächst nichts.
Nach einer Weile fand Sven seine Sprache wieder.
„Also meinen Vater, den frag' ich heute noch. Und ich werd' heute noch erfahren, was es mit meiner Mutter auf sich hat."

Auch in der Schwebebahn kein Wort.

Nachdem sie sich verabschiedet hatten, schlich sich Sven fast nach Hause. Was würde er über seine Mutter erfahren? Würde sein Vater sich überhaupt irgendwie äußern?
„Es ist doch besser, erst morgen am Sonntag mit ihm zu reden", dachte Sven. Vielleicht war es seine eigene Feigheit, die ihn davon abhielt, genau jetzt das Gespräch zu suchen.
Als er seine Wohnungstür aufsperrte, hörte er die Geräusche aus dem Appartement seines Vaters. Er sah fern. Alles war wie immer. Langweilig und vertraut.

Sven fand lange keinen Schlaf. Er wälzte sich hin und her und wartete auf den morgigen Sonntag. Schließlich gab er den Wunsch zu schlafen auf und stand auf. Da sah er im Dunkeln eine Gestalt im Zimmer, die sich nicht bewegte. Sven machte Licht. Das nützte aber nichts. Ein offenbar Leprakranker stand im Raum, starrte Sven an, weinte ganz still.
„Was willst du?"
Sven hatte keine Angst. Er spürte nur den Vorwurf, der in den Augen des Kranken lag.
„Warum habt ihr uns weggesperrt damals? Schau mich doch an, Sven", er zeigte auf sein entstelltes Gesicht.
„So sehen bei uns alle aus. Ihr hättet Andoland nie gründen dürfen. Ein Krankenland."

„Geh weg! Es gibt euch nicht! Und ich bin viel zu jung für deinen Vorwurf."

Dann wachte er mit stark erhöhtem Puls auf. Es war sechs Uhr früh.

Sven klopfte an die Tür seines Vaters. Ohne Begrüßung drängte er sich an ihm vorbei in die Wohnung und redete. Ohne Vorwarnung redete er.

„Was war da los vor zwanzig Jahren, Vater? Was ist mit meiner Mutter und meiner Schwester geschehen? Red endlich, Papa!"

Sven war überrascht über seine eigene Angriffigkeit. Es passte nicht zu ihm. Zu ihm, dem schüchternen jungen Mann. Es gefiel ihm aber, dass er imstande war, so direkt zu sein.

„Ich weiß alles, Vater. Ich weiß, was *Bruch* bedeutet, ich weiß von Andoland. Aber ich weiß nichts von meiner Mutter, meiner Schwester. Sag mir alles."

Und als der Vater ihn beinahe verängstigt anstarrte, kam noch ein „Bitte."

Martin Mahler spürte, dass es jetzt, in dieser Situation, kein Ausweichen mehr gab. Keine Ausreden, kein Versteckspiel. Also erzählte er. Erzählte von der Zeit vor zwanzig Jahren, als sich alle alten Ordnungen auflösten. Er sprach von der Seuche, von den B-Positiven, den Aus- und Einwanderern. Und Sven hörte still zu.

Seine Mutter, die Blutgruppe B-positiv gehabt hatte, sei damals freiwillig weggegangen, die Kleine habe sie mitgenommen. Auch sie – sie hieß Karin – war B-positiv gewesen.

Der Vater sprach ganz ruhig, war sich bewusst, gegen die wichtigste Grundregel in Norland zu verstoßen, nämlich Schweigen über den *Bruch* zu bewahren.

Er erzählte von einem vernünftigen Gespräch zwischen ihm und seiner Frau Lisa, damals. Sie hätten sich schon einige Zeit voneinander entfernt. Jeder sei seiner Wege gegangen. Es war daher nicht allzu schwierig gewesen, eine Lösung für die Situation mit den Kindern zu finden. Der dreijährige Sven sollte beim Vater in Norland, dem Land der Behandelbaren, aufwachsen. Das war Martin Mahler sehr recht gewesen. Er mochte seinen Sohn sehr. Die kleine Karin habe mit ihrer Mutter nach Andoland ziehen müssen. Lisa habe Sven nicht böswillig verlassen, nein. Und sie war voller Zuversicht gewesen, dass sich alles bald gut entwickeln würde.

Sven war erstaunt. Diese Familiengeschichte war ihm völlig neu, und er musste erst einmal nachdenken über das, was Papa ihm erzählt hatte. Seine angriffige Direktheit war verflogen. Seinen Zorn über die Tatsache, jahrelang angelogen worden zu sein, hielt er im Zaum

„Und hast du Kontakt zu meiner Mutter?", war Svens brennendste Frage.

„Selten, aber ich bin sicher, es geht ihnen gut."

Svens Vater war sich keineswegs sicher. Er hatte schon sehr lange keine Nachricht von seiner Frau Lisa und seiner Tochter Karin erhalten. Aber er musste doch seinen Sohn irgendwie beruhigen.

Fernmündliche Kontakte zwischen den Bewohnern der zwei Länder waren von Norlands Seite her unerwünscht. Junge Leute hatten ohnehin keine Veranlassung, hinüberzutelefonieren. Sie wussten ja gar nichts von Andolands Existenz. Und die älteren Menschen durften nur dreimal im Jahr telefonischen Kontakt haben. Die Gespräche mussten angemeldet werden und wurden vom BfO abgehört. Wenn über etwas gesprochen wurde, das über Persönliches hinausging, wurde das Gespräch sofort unterbrochen. Man hatte Angst davor, dass Andoland von vielen Menschen womöglich als lebenswerter gesehen werden könnte als das Kerngebiet von Norland. Die damalige Umsiedlung könnte heute, nach Jahren, nicht als Zwang, sondern als Privileg betrachtet werden. Und die Verantwortlichen befürchteten, dass in einem solchen Fall viele Menschen Norland verlassen würden, um hinüberzugehen. Trotz der Gefahr von Krankheiten. Das beste Mittel, den Status quo zu bewahren, war Unwissenheit und fehlende Information über das neue Land im Westen, das etwa 80000 Bewohner auf 800 km2 beherbergte.

„Sag mir, wie sie war, meine Mutter, Papa. Hatte sie rotes Haar?"

„Nein, sie hatte sehr kurze schwarze Haare. Ihre heutige Frisur kenne ich natürlich nicht." Svens Vater musste lächeln über die Frage seines Sohnes.

„Und ist sie dick?"

„Nein. Wie kommst du darauf?"

Sven winkte ab.

Eine Pause entstand.

Sie wurde durch Svens Frage beendet:

„Kann es sein, dass meine Mutter die Geschenke an der Grenze deponiert hat? Oder dass meine Schwester dahintersteckt? Sie müsste doch inzwischen erwachsen sein, nicht wahr?"

Vater antwortete nicht.

Natürlich müsste Karin inzwischen erwachsen sein, und Sven dachte nach, ob die junge Frau an der Grenze, die die Landkarte gebracht hatte, seine Schwester sein könnte.

Der Besuch bei Vater, am heutigen Sonntag, war lang genug gewesen. Sven wusste nicht genau, ob er böse sein sollte wegen Vaters jahrelangem Stillschweigen, oder ob er sich freuen sollte über die verspätete Offenheit.

Er bedankte sich schließlich bei Vater. Er wollte sich noch mit Jana treffen.

Es kam etwas dazwischen.

Jana hatte einen Unfall in einem autonomen, fahrerlosen E-Taxi. Solche Unfälle kamen äußerst selten vor. Jana wurde verletzt, ein Bruch des Unterarms. Es war eine Frage von drei Tagen Aufenthalt im Hospital. Früher wären vier Wochen Gips die Folge gewesen, meinte Svens Vater. Bei dem Unfall wurde noch eine zweite Person leicht verletzt. Die anderen Insassen des Taxis blieben unverletzt. Franz hätte gesagt, „sie blieben unbeschädigt". Franz war so.

Bei dem Unfall wurde eine Radfahrerin getötet. Die Technik der fahrerlosen Wagen war eben in ganz geringem Ausmaß noch fehleranfällig. Aber schließlich forderte jede Art von Fortbewegung manchmal gewisse Opfer. So dachte man in Norland.

Während Janas Aufenthalt im Hospital lenkte Sven sich ab mit oftmaligen Besuchen der Geheimbibliothek im GeZ13. Er stöberte in alten, verstaubten Texten, fand keine Ordnung in den Stapeln von Büchern.

Da gab es ein bebildertes Buch über die Entstehung des Universums, ein Kochbuch für Napoleon, einen Band über SETI, die Suche nach außerirdischer Intelligenz. Es war ja erst drei Jahre her, dass der Nachweis von ETs gelungen war, und zwar mit Primzahlreihen, die man zu gewissen mathematischen Zeitrhythmen gesendet hatte. Und die Antwort war gekommen. Auf erstaunliche Weise mit Überlichtgeschwindigkeit, was eigentlich unmöglich war. Aber gut. Ja, es gab sie also, die ETs. Lichtgeschwindigkeit hin oder her.

Sven las gebannt weiter.

Das Problem mit der Kontaktaufnahme war die unüberwindbare Entfernung. Sowohl in der Bevölkerung als auch in der wissenschaftlichen Welt kam daher weder Angst noch Freude auf. Es war im Grunde genommen belanglos.

Sven las auch über griechische Philosophen und römische Feldherren. Er erfuhr etwas über Ödipus, Agamemnon, Hitler. Alles in allem blutrünstige Geschichten. Er fand ein Buch, *Mein Kampf*, legte es nach dem Lesen der ersten Seite weg. Wer war dieser Hitler? Er las einiges über die zwei Weltkriege, verstand nicht, wie es dazu kommen konnte. Es fehlte ihm völlig die Verbindung zwischen den Informationssplittern. Es fehlte ihm einfach der Überblick, die Ordnung. Die Einzelbausteine ergaben kein Bild. Er wusste nicht, was er mit diesen Geschichten anfangen sollte. Da doch lieber die Beschäftigung mit Kochrezepten, Bauanleitungen für Kinderspielzeug, Aufzeichnungen über mittelalterliche Verhörmethoden, sogar Schnittmustern für Cocktailkleider. Sven verstand auch von diesen Sachen nur die Hälfte. Was war ein Cocktailkleid? Was ein Cocktail?

Ein Buch aber ließ ihn innehalten in seinem unschlüssigen Blättern und Suchen. Es war ein Nachdruck eines Werks von Thomas Morus *Utopia*. Sven blieb an den Zeilen hängen, sprang nicht mehr von Seite zu Seite, von Buch zu Buch. Thomas Morus stellte Fragen: Gibt es ein gerechtes Staatswesen, das alle Menschen glücklich und wohlversorgt leben lässt? Kann eine Gesellschaft genügend Güter erwirtschaften, wenn niemand nach Gewinn strebt? Gibt es das gute und gerechte Staatsoberhaupt, das keine Kriege anzettelt? Kann es eine ideale Gesellschaftsordnung geben?

Die Texte verwirrten Sven. Er wusste auf keine Frage eine Antwort. Die Fragen waren ihm außerdem neu. Niemand um ihn herum stellte solche Fragen. Wer war dieser Thomas Morus? Sven schlug die erste Seite auf, die Seite, in der geschrieben stand, dass es sich um einen Nachdruck aus dem 19. Jahrhundert handelte. Thomas Morus: 1478–1535. So viele Jahre war es also schon her, dass sich einer über solche Themen Gedanken gemacht hatte.

Sven dachte, sein Land, Norland, sei annähernd gerecht und ideal, im Sinne von Thomas Morus. Es ging doch allen gut, oder?

Nach drei Tagen wurde Jana aus dem Hospital entlassen. An ihrem Unterarm spürte sie nichts mehr. Kein Schmerz. Keine Narbe. Sie war voller Tatendrang und küsste Sven zur Begrüßung wie immer auf die Wange. Diesmal küsste er zurück. Es gelang.

Es war an der Zeit zu versuchen, nach Andoland zu gelangen, zumindest für einen kurzen Besuch. Sie planten die Grenzüberschreitung sehr genau. Da sie an einem Samstag aufbrechen wollten, nach dem Besuch im GeZ, hatten sie die Möglichkeit, bis Dienstag wegzubleiben. Sie mussten nach ihrer Rückkehr ja wieder zum GeZ. Dienstags, donnerstags, samstags. Wie immer.

Janas Mutter Mia und Svens Vater wurden kurzerhand von Jana und Sven belogen. Sie hätten einen mehrtägigen Ausflug vor, sagten sie. Am nächsten Tag schlugen sie wie üblich den Weg zur Grenze ein, die ja jetzt keine Grenze zu Etonien mehr war, zumindest für die Wissenden, und dazu gehörten sie jetzt.

Jana lenkte einen der Wächter mit einem gespielten Flirt ab.

„Sie legt sich ganz schön ins Zeug", fand Sven.

Bis Jana den Wächter um ein Glas Wasser bat. Der aufgegeilte Mann drehte sich um, ging ein paar Schritte Richtung Wachhütte, um das Gewünschte zu holen. In dieser Zeit waren Sven und Jana längst durch den Zaun und liefen zur zweiten Grenze.

„Der Wächter wird sich drüber ärgern, genarrt worden zu sein, nichts weiter", meinte Jana.

Außer Atem kamen sie zu der rot-gelben Aufschrift vor der zweiten Grenze. Sie verstanden immer noch nicht, wieso dieser Schriftzug wie freischwebend aussah. Aber jetzt war nicht die Zeit, darüber nachzudenken.

Fast alle Leute in Norland waren überzeugt, das Land hinter dieser Grenze wäre Etonien, in das sie ohnehin nicht reisen durften. Also war kein Interesse da. Jana und Sven wussten es besser. Andoland.

Sie rasteten im Gras, wussten, dass sie nun ihre digitalen Geräte ablegen mussten, um weiterzukommen. Anders war kein Grenzübertritt möglich. Aus eigener Erfahrung wussten sie das. Aber bevor sie sich auf den Weg nach dem unbekannten Andoland machten, kam eine Gestalt von drüben auf sie zu. Es war ein junger Mann, etwa in ihrem Alter, der sich der doppelten Grenze von der anderen Seite her näherte. Der blonde Mann in weißen Hosen und weißem T-Shirt wirkte fast unwirklich in der Naturlandschaft vor ihnen. Er blieb ein paar Meter vor Jana und Sven stehen, lächelte und erklärte:

„Ich bin der Abholer. Heute bin ich ausgelost worden, Sie ... nein, euch von hier abzuholen und euch in unser Land zu führen."

Er sprach wie ein Märchenerzähler.

Jana, wie immer die Mutigere, fragte den Abholer:

„Und wieso wusstest du, dass wir kommen?"

Keine Antwort.

„Was ist mit unseren Geräten, unseren Handys?"

„Die bleiben hier. Ihr wollt eine andere Welt sehen? Dann müsst ihr den Mut haben, die Tür zur alten zu schließen, bevor ihr die Tür zur neuen öffnet. Wenn ihr das nicht tut, dann entsteht gewaltige Zugluft, die euch alle Pläne durcheinander weht oder sogar vom Tisch fegt."

Der Abholer sprach in Rätseln. Wie ein Philosoph aus den Büchern im GeZ13.

„Ihr bekommt die Geräte verlässlich wieder, wenn ihr wieder zurückgeht. Versprochen. Und sie werden auch vor Nässe und Wind geschützt, glaubt mir."

„Wie heißt du?", fragte Jana den Abholer.

„Das tut nichts zur Sache", war die kurze Antwort. Wiederum ein Rätsel. Fast war es ärgerlich.

Sven und Jana folgten dem Abholer auf einem schmalen, erdigen Waldweg. Zum ersten Mal würden sie in jenes Land gehen, von dessen Existenz sie erst seit Kurzem wussten. Der Weg führte durch ein Meer von Waldblumen unter den hohen Bäumen. Sven konnte sich gar nicht sattsehen an der Pracht. Seine Liebe zu Blumen war ungebrochen. Da gab es Goldnesseln und Sauerklee, zweiblättrige Schattenblumen, Farn, Waldmeister, Taubnesseln, Schöllkraut und noch hundert andere. Rot und Gelb leuchtete es ihm entgegen. Auch Weiß, Lila, Blau und wieder Weiß. Eine bunte Blütenwelt. Sven war sich sicher, dass dieser Weg durch den Wald nur darauf wartete, dass er hier einen Blumenstand aufmachen würde. Alles Weiß, Lila, Rot und wieder Weiß würde er nur in Töpfen anbieten. Keine Schnittblumen. Er mochte Schnittblumen nicht, sie waren tot. Eine kleine Bude, in der er Blumen heranziehen, pflegen und verkaufen würde. Sein Stand würde überwuchert werden, so viele Blumen würde er anzubieten haben. In der Mitte des blühenden Blumentopfhügels würde er stehen und Blumen anbieten. Nachts würde er neben dem Stand in einer kleinen Holzhütte schlafen, um am Morgen wieder Blumen auszugraben und in Töpfe zu setzen. *Svens Blumenstand* würde er seinen Stand nennen. Ja, *Svens Blumenstand*.

„Schon wieder geträumt", dachte er. „Und wieder einmal mit offenen Augen."

Nach einigen Wanderminuten öffnete sich der Wald und eine weite, große Fläche lag vor ihnen in der Sonne. In der Mitte des Tals war eine Ortschaft zu sehen, vielleicht sogar eine kleine Stadt.

„Wir sind eine Grenzstadt, so wie bei euch daheim, wisst ihr? Und für Besucher gibt es immer eine kleine Überraschung. Heute spielt im Stadtsaal eine Pianistin Chopin. Kommt weiter."

Sven wusste nicht, was oder wer Chopin war, getraute sich nicht zu fragen. So wie er – und auch Jana – sich vorerst nicht getrauten, nach dem Werdegang von Andoland und seinen Bewohnern zu fragen. Auch Svens Mutter blieb unerwähnt. Vielleicht weil Sven Angst vor einer Begegnung hatte. Das reale Bild seiner Mutter würde die Vorstellungen, die er von ihr hatte, zerschlagen.

„Es wird sich alles zeigen", dachte Sven.

„Wie viele Besucher kommen denn im Lauf der Zeit zu euch?", Jana war wieder einmal neugierig.

„So drei bis vier pro Jahr."

„Nicht mehr?"

„Nein, nicht mehr."

„Und die gehen alle wieder zurück nach Norland?"

„Ja, die gehen alle zurück, fast alle."

Für Besucher der Stadt gab es immer eine kleine Überraschung, hatte der Abholer gesagt. Sie wurden in den kleinen Stadtsaal geführt. Ein riesiger Flügel stand in der Mitte. Solch ein Klavier hatte Sven noch nie in der Wirklichkeit gesehen, nein. Das kostbare Holz, aus dem der Flügel offenbar gebaut worden war, glänzte wie ein rotbrauner Spiegel in der Nachmittagssonne. Die Strahlen der Sonne drangen durchs Fenster ins Zimmer ein und wurden am Klavier gespiegelt. Der ins Zimmer fallende Lichtstrahl lud zum Aufstieg in den Himmel ein. Sven war sprachlos.

Um den Flügel herum lagen rote, große Polster am Boden. Sessel gab es keine.

Jana und Sven wurden eingeladen, auf den Polstern Platz zu nehmen, bekamen sogar Birnenwein und Nüsse serviert. Es war wie im Märchen. Wie am Hof eines Prinzen.

Dann betrat die Pianistin den Raum, verbeugte sich, setzte sich ans Klavier.

Was Sven jetzt sah, verwirrte ihn vollends. Die junge Frau am Flügel war dieselbe, die vor einiger Zeit zur Grenze gekommen war und die seltsame Landkarte gebracht hatte.

Das Blut in Svens Körper sackte nach unten, und gleichzeitig spürte er, wie er blass wurde.

„Ich bin deine Schwester", hatte sie damals gesagt und ihn umarmt. Saß diese Schwester jetzt vor ihm und spielte Chopin für ihn?

Die Musik, die Sven und Jana dann zu hören bekamen, war unbeschreiblich. So wie es damals bei Opa Franz die von Beethoven gewesen war. Diese Musik aber war anders, ganz anders. Die Töne perlten aus dem Klavier, stiegen die Himmelsleiter aus Sonnenlicht hinauf ins All. Die Harmonien waren Balsam für die Seele, manchmal aber auch traurig.

Der Abholer sagte nach dem ersten Stück kurz an, was Karin Mahler gespielt hatte und noch spielen würde. Die Etüde Nr.6, B-Moll und die Etüde Nr. 23, F-Moll von Frederic Chopin, den Sven und auch Jana nicht kannten.

Karin Mahler. Seine Schwester. Sie saß da, keine fünf Meter vor ihm! Seine Schwester Karin, die einst mit seiner Mutter „weggegangen" war. Blutgruppe B-positiv hatten sie beide gehabt, das hatte Vater erzählt.

Nach dem Konzert kam Karin auf die Besucher zu, langsam, ein wenig scheu. Diesmal umarmte sie ihren Bruder nicht. Ihre Augen waren nur auf ihn gerichtet, als sie fragte:

„Willst du mich nicht vorstellen?"

„Das ist Jana, Karin. Und das, Jana, ist Karin."

Zunächst Händeschütteln. Das war hier in Andoland offensichtlich erlaubt. Die zwei Frauen lächelten sich fragend an, schließlich umarmten sie einander. Die Begegnung schien gelungen. Sven stand da, mit zwei jungen Frauen, die eine seine Kumpanin, die andere seine Schwester. Keine einfache Situation.

„Wieso kannst du so gut spielen?", fragte Sven in die Stille.

„Ich studiere Musik. Hauptfach Klavier, Nebenfach Cello."

Sven wusste nicht weiter. Sogar Jana sagte nichts, strahlte nur. Das war ihr stiller Ausdruck der Begeisterung. Manchmal.

Sven war unsicher. Was jetzt?

Der Abholer durchbrach die Unsicherheit:

„Wir haben hier im Stadtsaaltrakt auch einige Gästezimmer. Wollt ihr euch dort für die nächsten zwei Tage niederlassen?"

Jana und Sven quartierten sich im größten Gästezimmer ein. Zwei Betten waren frisch überzogen, jeder von den beiden hatte genug Platz. Getrennt, in verschiedenen Zimmern, wollten sie die Nacht nicht verbringen. Es würde abends so vieles zu besprechen und zu reden geben. Also warum nicht gemeinsam übernachten?

Jetzt aber war helllichter Tag. Erkundungen warteten. Karin übernahm als Ortskundige die Initiative.

„Zunächst machen wir einen kleinen Rundflug mit drei MOBs. Ich will euch einen Teil unseres Landes von oben zeigen. Wollt ihr?"

Die MOBs waren für Jana und Sven eine völlig neue Sache. Es waren kleine, zweisitzige mobile Flugobjekte, großen Drohnen ähnlich, die zu Hunderten gänzlich geräuschlos und solarbetrieben über der Stadt und dem Land verkehrten. Wenn mehr als zwei Personen fliegen wollten, mussten sie nur zwei oder drei MOBs, die überall gratis bereitstanden, mit einem Handgriff zusammenhängen. Eine kurze Eingabe des Zielorts, und der Flug konnte beginnen. Die seltsamen Fluggeräte wichen einander automatisch aus; es hatte noch nie einen Unfall gegeben. Die E-Taxis, wie Jana und Sven sie von daheim kannten, waren dadurch nicht überflüssig geworden, denn mit einem MOB konnten nicht so viele Menschen transportiert werden wie mit einem Taxi. Reichlich Busse und Bahnen gab es zusätzlich, wie in Walberg auch. Das wussten Jana und Sven schon vom Abholer. Und sie hatten erfahren, dass in den Bussen und auch den E-Taxis keine Flimmergeschichten von der Decke herabfielen, sondern dass in den Rücklehnen der Vordersitze Fächer integriert waren. Fächer mit papierenen Büchern. Sie enthielten Kurzgeschichtensammlungen, die jede Woche erneuert wurden.

„Was ist an den papierenen Büchern eigentlich besser als an den kleinen Filmen in unseren Taxis?", fragte Sven den Abholer.

„Bei Büchern musst du dir – kannst du dir! – die Bilder selber machen. Im Kopf. Du malst dir selbst Bilder zum Text. Du bist frei!"

„Also wollt ihr jetzt über die Stadt fliegen? Walberg von oben. Kommt!", ermunterte Karin die Besucher.

„Wieso Walberg? Walberg heißt doch unsere Grenzstadt in Norland, von der wir kommen!"

Sie erfuhren, dass die beiden Walberg einmal eine einzige größere Stadt gewesen waren. Der *Bruch* hatte die Stadt in zwei Teile geschnitten, gespalten, zerrissen. Und der Grenzbereich war in den letzten zwanzig Jahren von Wald und Sträuchern überwuchert worden.

„Jener Wald, durch den ihr gekommen seid."

Die drei bestiegen ein 3-Wagen-MOB, starteten und flogen los. Sie flogen! Völlig ruhig. Angenehm still. Der Abholer meinte nach ein paar Minuten, dass sie vor dem längeren Rundflug noch jemanden abholen müssten.

„Wir fliegen zu Svens Mutter, Lisa Mahler. Sie wird uns begleiten."

Sven erschrak. Seine Mutter war hier? Er hatte es geahnt. Natürlich war sie hier, hier in Walberg-West, bei ihrer Tochter. Aber es kam so unerwartet, so plötzlich. Sie sollte hier zu ihm einsteigen? Sein Puls ging rascher, er saß starr, verstummte vollends. Ein wenig verärgert war er darüber, dass ihm niemand beizeiten gesagt hatte, dass seine Mutter mitkommen würde.

Sven hätte sich auch lautstark zu dieser „Überraschung" äußern können, aber dazu war er nicht imstande.

Lisa wohnte in einem hier üblichen Blockhaus aus Holz. Ein Garten war davor angelegt worden, und die Blumen, die Sven da sah, beruhigten ihn ein wenig. Jetzt würde er also zum ersten Mal seine Mutter sehen. Langes rotes Haar, etwas dicklich, so hatte er von ihr geträumt.

Das MOB landete, die Frau, die vor dem Holzhaus gewartet hatte, lief auf den Wagen zu. Schlank, sehr kurz geschnittenes schwarzes Haar mit wenigen grauen Strähnen. Sie war attraktiv, wirkte beweglich und jünger als 54. Das war das Alter, das Vater ihm verraten hatte, 54. Ihre Lippen waren mohnblumenrot geschminkt, ansonsten war sie ohne Schminke. Nur die Lippen, die roten Lippen. Sie leuchteten Sven entgegen.

Sven wechselte auf Anraten des Abholers mit zittrigen Knien in den dritten Wagen, der Platz neben ihm war frei.

Lisa Mahler setzte sich auf diesen freien Platz zu ihrem Sohn, ganz eng neben ihn. Es war irritierend. Wieder einmal saß jemand sehr nahe neben ihm. Zu nahe? Er dachte an Jana, damals im Taxi. Aber diesmal war es seine Mutter, seine lebendige, gesunde Mutter, die wohl niemals Krebs gehabt hatte. Und sie roch stark nach Zitronen, mit etwas Moschus. Jana hatte einmal so gerochen, aber damals war kein Moschusgeruch beigemischt.

Sven sah Lisa Mahler an, schaute gleich wieder weg, wusste nicht, wie er sich verhalten sollte. Seine Mutter betrachtete ihn mit warmen Augen.

„Groß bist du geworden", war der erste Satz, den sie an ihren Sohn richtete.

„Ja, groß", war Svens unbeholfene Antwort.

„Du musst nichts sagen, Sven. Wir werden schon auskommen miteinander, zumindest für die nächsten zwei Tage." Sie lachte.

„Es wird sich alles zeigen", dachte Sven wieder einmal.

Sie kreisten zunächst über der Stadt. Man hatte eine gute Sicht auf die einzelnen Stadtteile und die größeren Gebäude, alle aus Holz. Karin zeigte den zwei Besuchern aus dem Osten die einzelnen Knotenpunkte in der Stadt, auf die alle Bewohner stolz waren.

„Da ist der Stadtsaal, seht ihr? Der Stadtsaal mit den Gästezimmern, wo ihr heute schon wart. Da, das ist Haus 1, wo hauptsächlich musiziert wird. Von Vivaldi bis John Lennon könnt ihr hier alles hören. Die Musiker spielen oft. Live.

Seht hier das Haus 2 mit einer Malschule, die ein wenig anders organisiert ist als die bei euch daheim."

„Wieso weißt du, wie etwas bei uns daheim organisiert ist?"

„Na ja, ich kenne Leute, die drüben bei euch waren. In Ausnahmefällen geht das. Und die haben mir manches berichtet.

Das Haus 3 da hinten ist hauptsächlich für Theateraufführungen gedacht, aber auch Lesungen jeder Art gibt's da immer wieder.
Morgen spielen sie übrigens eine Bearbeitung von Shakespeares *Romeo und Julia*, vielleicht interessiert euch das."
Ausgerechnet *Romeo und Julia*? Das mussten sie unbedingt sehen.

Svens Mutter saß still neben Sven, aber sie war sichtlich zufrieden mit der Situation. Sie musste nicht unbedingt mitreden mit der Jugend. Und Sven gewöhnte sich langsam an ihre ruhige Anwesenheit.
Jana hingegen stellte immer wieder Fragen. Über das Alter der Gebäude, über die Bewohner der Stadt und noch vieles mehr. Sven hatte das Gefühl, dass seine Kumpanin ein wenig eifersüchtig war auf seine Schwester Karin. Schließlich war Jana ein Dreiergespann nicht gewöhnt. Vielleicht wollte sie auch Sven allein für sich haben?
Er dachte nicht weiter darüber nach und hörte Karin zu.

„Seht, da! Das ist das Haus 4, das größte, Es beherbergt ein riesiges Museum, in dem die vielen Gemälde untergebracht sind, die bei der Gründung von Andoland in den Besitz der Bürger hier im Westen gekommen sind. Die Leute, die in Walberg-Ost geblieben waren, haben sie uns geschenkt, soviel ich weiß. Das war großzügig von ihnen."
Sven dachte an die Geschichte, die Franz ihm erzählt hatte. Eine völlig andere Geschichte. Da war von keiner Großzügigkeit berichtet worden, eher von Zwang.

„Habt ihr nicht auch unzählige Musikinstrumente bekommen damals?", wagte Sven zu fragen.
„Die sind im Haus 5 untergebracht. Siehst du, da unten? Jeder kann sich welche ausborgen, und bis heute sind in zwanzig Jahren nur drei Instrumente verschwunden."
Karin war sichtlich stolz auf ihre Stadt und ihr Land, erwähnte Norland nicht einmal. Norland, ihre eigentliche Heimat. Sie

hatte keine Ahnung, kannte das Land, in dem sie geboren worden war, nicht.

„Und dieses Gebäude da?", Jana wollte alles genau wissen.

„Das ist Haus 6, ein Ort, an dem all das stattfinden kann, was woanders keinen Platz findet. Und es ist ein beliebter Treffpunkt für die Leute hier."

Sie kreisten noch eine Weile über der kleinen Stadt und der Umgebung, sahen von oben auf die Menschen, die aussahen wie kleine Puppen eines Marionettentheaters. Der Unterschied war, dass sie an keinen Fäden hingen. Sie waren frei.

Svens Mutter hatte noch immer kein Wort gesagt, aber den warmen Körper ihres Sohnes neben sich zu spüren, genügte ihr.

Jana fragte nach einigem Zögern das, was auch Sven beschäftigte:

„Wir hatten ein wenig befürchtet, kranke Menschen anzutreffen. Geächtete Parias, mit Pestbeulen im Gesicht. Aussätzige. Schließlich waren die Menschen damals weggeschickt worden, weil sie nicht behandelt werden konnten. Was ist aus der Seuche geworden? Ich sehe ganz normale Leute mit gesunden Körpern. Was ist da geschehen?"

Karin hörte diese Fragen zwar, schwieg aber, wollte zunächst nichts dazu sagen.

Lisa Mahler, Svens Mutter, sprach zum ersten Mal auf diesem Flug:

„Später, Jana, später. Du wirst Antworten auf deine Fragen bekommen. Aber wir haben Zeit. Ihr seid ja erst ganz kurz hier."

Gut. Später.

Der MOB wurde von dem Abholer noch über das Hospital gelenkt und dann über das Polizeihaus. Das ließ Jana aufhorchen:

„Wozu Polizei? Gibt es denn Kriminelle bei euch? Alles wirkt so harmonisch."

Karin antwortete:

„Natürlich gibt es Kriminelle. Die werden bestraft wie bei euch auch. Sie bekommen einen Betreuer zugeteilt, der sie ständig begleitet und darauf achtet, dass sie mit niemandem sprechen, niemandem die Hand geben, niemanden berühren. Die Leute auf der Straße sehen sie nicht an, das wirkt wie eine Ohrfeige, sogar schlimmer. Sie werden aus der Gemeinschaft hinausgekippt."

„Für wie lange?"

„Das kommt auf ihr Vergehen an. Die Bestrafung bei uns in Andoland ist, für gewisse Zeit ein Leben zu führen, eine Lebensweise, in der ihr in Norland euch ständig befindet."

Niemand sagte etwas dazu.

Nachdem sie gelandet waren, zeigte Jana unverhohlen ihre Begeisterung über den absolvierten Flug. Sie war lautstark beeindruckt und schrie fast:

„Der Verstand sagt mir, dass man mich gerade in einem solarbetriebenen, drohnenartigen Gefährt durch die Luft manövriert hat. Die Wirklichkeit aber, die Wirklichkeit hinter dem Verstand ist doch, dass ich mit euch auf dem geflügelten Pegasus durch die Lüfte himmelwärts geritten bin. Über den Wolken, aber noch unter den Sternen waren wir, nicht wahr? Der Ausflug war wunderbar, danke!"

Dass Jana sich so überschwänglich äußerte, war typisch für sie.

Sven fragte sich, wer oder was Pegasus sei und wieso Jana so etwas wusste. Pegasus? Er hatte noch nie von Pegasus gehört. Wahrscheinlich steckte wieder einmal Janas verschwundene Großmutter dahinter. Sicher sogar.

Der Abholer verabschiedete sich mit den Worten: „Bis morgen. Es kann auch sein, dass euch morgen niemand betreut. Ihr habt ja Karin und Lisa."

Jana, Sven, Karin und Lisa suchten eine Gaststätte auf, in der man – laut Karin – besonders gut essen konnte. Sie und Lisa tranken Wein. Jana und Sven nicht. Das war bei ihnen daheim in Norland nicht üblich. Der Oberste Rat empfahl schon seit Jahren, keinen Alkohol zu trinken, und man hielt sich daran. Wie an fast alles, was empfohlen wurde. Also kein Wein.

Im Wirtshaus saß Sven wieder neben seiner Mutter, und er fragte sie leise:

„Was arbeitest du eigentlich?"

„Ich bin Physiotherapeutin."

Das war Sven sympathisch. Es war eine ähnliche Tätigkeit wie die von seiner Freundin Jana, und das gefiel ihm. „Eine angenehme Mutter hab' ich", dachte er.

Es war in allen Gaststätten so, dass es nur zwei Gerichte gab. Jeden Tag zwei andere. Das ersparte Arbeit in der Küche, und die Walberger waren das gewöhnt. Karin bestellte gebratene Pilze, die anderen das indische Gemüsecurry mit Rosinen-Nuss-Reis, eine Erinnerung an Franz. Alles schmeckte hervorragend.

„Jetzt erzähl uns, wie das gelaufen ist, damals vor zwanzig Jahren", wollte Jana wissen. Sven wollte das auch, aber Jana war wieder einmal schneller. Da Karin zu jung war, sie war damals ein Baby, fühlte Lisa sich angesprochen. Und sie erzählte. Erzählte viel. Ganz anders wirkte sie als während des Fluges. Um vieles gesprächiger. Und je länger sie erzählte, desto näher fühlte Sven sich ihr.

„Wir sind damals in diese Gegend gezogen, vielmehr gezogen worden, weil wir alle Blutgruppe B-positiv gehabt haben und deshalb unbehandelbar waren."

Sven unterbrach sie:

„Nicht zu ausführlich, Lisa. Den Anfang kennen wir schon."

Sven hatte seine Mutter soeben Lisa genannt. Hätte er Mutter sagen sollen? Nein. Oder Mama? Nein und nein. Er beschloss, sie weiterhin beim Vornamen anzureden. Das passte zu ihr und zu ihm.

„Nachdem wir uns alle hier ein wenig eingewöhnt hatten, haben die Mediziner begonnen, mit unerschütterlichem Vertrauen in die Wissenschaft ein Gegenmittel für die drohende Seuche zu suchen, das für uns B-Positive geeignet war. Während dieser Zeit sind viele gestorben, leider. Die Mediziner waren unermüdlich an der Sache dran. Es musste doch ein Mittel geben! Und schließlich ist es gelungen. Man hat ein Medikament gefunden, das bei uns allen gewirkt hat. Wir müssen es – auch heute noch – nur einmal im Monat einnehmen und brauchen dafür in keine besondere Behandlungsstätte zu fahren. Wir bewahren es einfach zu Hause auf. Aber das Medikament schützt nur vor der Seuche, nicht aber vor anderen Krankheiten. Wir haben also keine Angst mehr vor der Seuche, aber wir haben es mit Krankheiten zu tun, die es bei euch in Norland schon lange nicht mehr gibt. Grippe, Lungenentzündung, Gallenkoliken, harmlosen Schnupfen, aber auch Krebs."

Lisa redete und redete. Und Sven und Jana wollten alles wissen. Für Karin war das ja nichts Neues, sie langweilte sich ein wenig. Lisa aber erzählte gern die Geschichte von Andoland. Sehr gern. Es war ja auch ihre Geschichte, bei der sie von Anfang an dabei war.

Anfangs hatten die Andoländer von den Norländern finanzielle Unterstützung bekommen. Später nur mehr die Hälfte. Die Ausgesiedelten hatten damals beschlossen, nachhaltig und bescheiden zu leben. Also brauchten sie wenig Geld. Und sie versuchten, Dinge, die kaputtgingen, zu reparieren, anstatt sie wegzuwerfen.

„Dieses Reparaturgeschäft blüht heute noch", betonte Lisa.

„Alles ist darauf aufgebaut, dass wir kaum neue Sachen brauchen. Wir haben sogenannte ‚Ding-Bibliotheken', wo man Dinge, die man nur selten braucht, ausleihen kann. Eine Bohrmaschine, eine Säge, ein Ballkleid, auch ein Hochzeitskleid.

In unserem Land sind viele dieser Ding-Bibliotheken. Sehr viele.

Die Arbeitszeit ist auf zehn Stunden in der Woche reduziert worden, denn die Andoländer konsumieren sehr wenig. Dadurch aber ist es nicht mehr notwendig, viel zu produzieren. Es ist ein positiver Teufelskreis. Und bei nur zehn Stunden Arbeit pro Woche bleibt viel Zeit, die gefüllt werden muss. Es hat sich langsam so entwickelt, dass heute fast jeder von uns sich in irgendeiner Kunstgattung betätigt. Sei es im Malen, im Musizieren, im Schreiben, in allem Möglichen.

Langweile ich euch nicht?", fragte Lisa.

Jana und Sven verneinten. Sie hingen an Lisas Lippen.

„Wir hier in Andoland haben Krankheiten, aber ein großes Maß an Kunst in unserem Leben. Bei euch gibt es keine Krankheiten und keine Kunst. Interessant, nicht wahr?

Schließlich sind die Entscheidungsträger auf die Idee gekommen, das Geld überhaupt abzuschaffen. Fachleute haben gerechnet und kalkuliert, überlegt und wieder gerechnet. Zwei Jahre lang. Und sie sind zu dem Schluss gekommen, dass sie gelingen müsste, die geldlose Gesellschaft. Ein Gremium von wissenschaftlichen Beratern hat die Politiker unterstützt und seit acht Jahren funktioniert es! Wir brauchen das Geld nicht mehr."

Lisa sah aus, als hätte sie persönlich den Wandel bewirkt. Sie war offenbar glücklich.

„Aber da arbeitet ja niemand mehr, wenn nichts mehr etwas kostet und keiner Geld braucht. Wie geht das?"

Lisa sprach weiter. Sprach von der Zufriedenheit der Leute an einer guten Arbeit, die sie nicht kaputtmachte und deren zeitlicher Aufwand nicht mehr als zehn Stunden pro Woche war. Nur sehr wenige machten gar nichts mehr. Das wäre ja ein langweiliges Leben, meinten fast alle!

Die unangenehmen Arbeiten wie Müll einsammeln, Putzen, Kläranlagen überprüfen und vieles mehr erledigten schon längst Roboter.

Ein Bauer beispielsweise bekam wie alle anderen keine Entlohnung für seine Arbeit. Er konnte sich alles, was er brauchte, und nicht an seinem Hof hatte, holen, ohne zu bezahlen. Die nötigen Maschinen genauso wie den köstlichen Birnenwein.

Auch ein Lehrer bekam kein Gehalt. Wozu auch? Seinen Bedarf an Sachen, Dingen, Essen, Kultur konnte er auch ohne Geld decken.

Alles war gratis, alles.

Nach einem Jahr etwa hatte man sich an den neuen Zustand gewöhnt. Keiner weinte dem Mammon eine Träne nach.

„Und woher habt ihr die nötige Energie? Für elektrischen Strom, zum Beispiel?"

„Das ist nicht anders als bei euch. Solarfelder, Windräder, Wasserkraft. Wir haben eigentlich alles, was auch Ihr habt, alles an Technik und an Know-how. Der Unterschied zu euch ist nur, dass wir hier nur ein Drittel der Energie brauchen, weißt du?

Der einzige Nachteil bei uns ist, wie gesagt, dass wir krank werden können. Wie das vor vielen Jahren auf der ganzen Welt war und vielleicht noch ist. Wir brauchen also Spitäler, Ärztinnen, Krankenpfleger, medizinische Ausrüstung. Aber das Pflegepersonal ist, ähnlich wie bei euch, sehr angesehen. Auch ohne Geld. Durch die kurze Arbeitszeit werden Ärztinnen und andere medizinisch Tätige nicht überfordert und können sich ihren Patienten besser widmen. Es gibt sehr viel ärztliches Personal.

„Lisa, es ist genug Informationsschwall für heute. Genug erklärt. Wir sollten jetzt noch etwas unternehmen, bevor es Nacht wird. Es wird schon fast dunkel draußen. Trotzdem, oder gerade deshalb, würd' ich gern raus ins Freie. Ich mag die Dämmerung. Diese Zwitterzeit zwischen Tag und Nacht", meinte Karin.

Sie hatte ihre Mutter auch mit „Lisa" angesprochen, wie Sven das tat.

„Morgen möcht ich euch noch unsere vielen künstlerischen Betätigungsfelder zeigen", waren Lisas Worte. Sie genoss ihre Rolle als Fremdenführerin, als Erklärerin für ihr Land.

„Wir Andoländer sind ja privilegiert in Sachen Kunst. Das Kernland von Norland hat uns vieles mitgegeben damals. Wir haben alles. Musik, Malerei, Tanz, Theater. Es gibt Puppenspieler, die meist im Freien spielen, und Musizierende überall. Man kann auch erleben, dass jemand Texte deklamierend durch die Straßen schlendert.

So, und jetzt raus in die Dämmerung. Ich weiß da was."

Lisa freute sich augenscheinlich darauf, den Besuchern aus Walberg-Ost etwas zu zeigen.

Als sie aufbrachen – natürlich, ohne zu zahlen – spürte Jana Skepsis in ihrem Kopf aufsteigen. Es konnte doch nicht alles so reibungslos funktionieren? Gab es keine Probleme? Keine Widersprüche? Keine Ärgernisse oder Schlimmeres? „Alles ist so verdächtig harmonisch", dachte sie, schob den Gedanken aber wieder zur Seite. Schließlich war morgen auch noch ein Tag. Es gab noch vieles zu erfahren und zu erleben in Andoland.

Nach fünf Gehminuten, in denen Lisa vorneweg gegangen war, lag eine riesige Wiese vor ihnen. Ihre Begrenzungen waren in der Dämmerung kaum auszumachen.

Lisa drehte sich zu ihren Begleitern und sagte fast feierlich: „So, das ist die Sternenwiese. Und es hat einen Grund, warum sie diesen Namen trägt."

Sternenwiese? Zauberwiese, die kannte Sven. Hier war wohl ein größerer Zauber am Werk als daheim hinter den Häuserzeilen.

Sie waren nicht die einzigen Wiesenbesucher. Ein paar Leute saßen verstreut auf ihren Decken, die meisten lagen und betrachteten die Sterne. Feuerkörbe beleuchteten schwach die Wiese, die endlos und ohne Horizont schien.

Lisa sprach weiter. Respektvoll leise sprach sie:

„Holt euch Decken. Unter dem kleinen Holzverschlag da drüben sind genügend warme Decken."

Man holte sich Decken, legte sich darauf. Es war bequem.

Warum Sternenwiese? Welche Sterne?

Lisa erklärte, wieder leise, dass es hier in Walberg-West eine lieb gewordene Tradition gab. Man stellte Sternbilder, die in klaren Nächten am Himmel zu sehen waren, ein Monat lang auf der Wiese nach. Danach kam das nächste. Mithilfe von Feuerkörben, deren Abstand genau gemessen wurde, machten das die Leute, und so gelang ein Spiegelbild des Himmels auf der weiten grünen Fläche. Jetzt, im August, war Kassiopeia an der Reihe, von einigen auch Himmels-W genannt. Die fünf wichtigsten Sterne der Kassiopeia waren am Nachthimmel zu einem großen W angeordnet. Und genau dieses W formten die Menschen hier herunten. Mit Feuerkörben. Fünf kleine Flammenkörbe bildeten Kassiopeia, die so auf die Erde heruntergestiegen war.

Die Namen all dieser Bilder waren meist aus der griechischen Sagen- und Götterwelt entlehnt. Einer Welt, die Jana und Sven fremd war. Die Norländer interessierten sich aufgrund ihrer Erziehung nicht für Vergangenes.

Im nächsten Monat, nach Kassiopeia, würde Orion an der Reihe sein. Orion, der immer nur im Winter zu sehen war. Die Walberger konstruierten trotzdem schon im Sommer aus Feuerkörben ein Bild des Orion auf der Wiese. Orion, der Schwarm aller Frauen und der Sohn dreier Väter.

Svens Schwester unterbrach Lisas Erklärungen und bot sich an, sie beim Erzählen abzulösen. Sie kannte sich gut aus mit den Sternen.

„Mutter, jetzt bin ich dran", meinte sie.

„Wollt ihr überhaupt, dass ich von Sternbildern erzähle?"

Sven und Jana wollten.

„Ich mach's kurz. Eines der Sterngebilde, die das ganze Jahr zu sehen sind, ist eben Kassiopeia, Mutter hat gerade darüber gesprochen. Seht hinauf zum Himmel."

Sie zeigte auf das große W, das jeder schnell ausfindig machen konnte.

Wie eine Märchenerzählerin sprach Karin weiter:

„Kassiopeia war die bissige und eingebildete Frau eines äthiopischen Königs. Den Meeresgott Neptun erzürnten ihre vermessenen Reden, deshalb forderte er von Kassiopeia Andromeda, ihre Tochter, um sie einem Meeresungeheuer zum Fraß vorwerfen zu können."

Kaum hatte Karin zu erzählen begonnen, spürte Sven eine Hand auf seiner Schulter. Er drehte sich um und sah nichts als weiß funkelnde Helle und eine Frau, in Organza gehüllt, die ihm leise zuflüsterte:

„Ich bin Andromeda, Sven. Schau, der Himmel legt sich auf die Wiese, die Sterne meiner Mutter Kassiopeia vereinigen sich mit den Feuern hier herunten. Ist das nicht fantastisch?"

Sven griff nach der Sternenfrau, griff aber ins Leere. Ein Traum. Er war kurz eingeschlafen.

Karin erzählte weiter:

„Um es kurz zu machen: Perseus rettete die Königstochter Andromeda letztendlich, und der Gott Neptun versetzte danach Kassiopeia unter die Sterne. Dort ist sie jetzt. Auf ewig. Als Himmels-W. Seht ihr es?

Kindisch, solche Geschichten, oder?"

Jana und Sven fanden diese griechischen Geschichten nicht kindisch, sondern äußerst spannend. Sie hatten davon noch nie gehört. Keine Schule in Norland, keine öffentliche Institution, lehrte solche Sagen. Wozu auch? „Das ist für nichts zu gebrauchen", war die Begründung. Nutzeffekt null. Ja, so war das in Norland.

Sven und Jana wollten wissen, ob diese sogenannten Sagen wirklich Geschehenes beschrieben, oder ob sie Erfindungen alter Dichter waren?

„Beides", war Karins Antwort.

Eine Antwort, die noch verwirrender war als die Frage.

„Besagte Andromeda ist im Sommer und Perseus das ganze Jahr über am Himmel zu sehen. Die Galaxie Andromeda ist übrigens unsere Nachbargalaxie, lächerliche 2,5 Millionen Lichtjahre entfernt. Sie wird mit unserer Galaxie, der Milchstraße, in vier Milliarden Jahren zusammenstoßen. Wir werden nichts davon merken, weil es uns Menschen wahrscheinlich nicht mehr geben wird. Jedenfalls haben wir noch Zeit", lachte Karin.

Sven bewunderte seine Schwester. Sie konnte nicht nur hervorragend Klavier spielen, sie kannte sich auch mit den Sternen aus. Was konnte sie noch? Er war stolz auf sie.

„Eine Geschichte erzähl ich euch noch, in Ordnung? Die vom Sternbild Pegasus. Dort ist es."

Sie zeigte in eine andere Richtung des Himmels.

„Jana hat dieses Ross namens Pegasus heute schon einmal erwähnt. Aus dem Hals der vielköpfigen Schlange Medusa, den Perseus abgeschlagen hatte, sprang ein geflügeltes Pferd mit blutbespritzter Mähne, der Pegasus. Dieses Pferd flog über den Wolken und unterhalb der Sterne.

‚Der Himmel diente ihm als Erde und sein Flügel als Fuß', so schreibt es zumindest Ovid.

Nur ein Held namens Belleroponthes konnte dieses Pferd mit einem goldenen Zaumzeug zähmen. Er hatte es von der Göttin Athene geschenkt bekommen. Als nach vielen Abenteuern Belleroponthes sogar den Himmel mit Pegasus erstürmen wollte, da schüttelte das Pferd ihn ab und kehrte zurück an seinen Wohnsitz am Olymp, wo auch die Götter wohnten."

Für Sven war das alles so neu, dass es ihm langsam zu viel wurde. Perseus und Athene, Pegasus und Kassiopeia. Es war ihm einfach zu viel, und er war sehr müde. Trotzdem dankte er seiner Schwester mit einer vorsichtigen Umarmung.

Da unterbrach etwas den Aufbruch zur Stadt. Drei Mädchen, vielleicht neun oder zehn Jahre alt, kamen kichernd auf Sven zu, blieben stehen, und die eine sagte unbeholfen und grinsend: „Wir kennen dich."

Sven dachte nach. Woher sollten diese Kinder ihn kennen? Und dann erinnerte er sich an die rote Wolljacke des einen Mädchens. Rote Wolle mit weißen Sternen drauf. Er wusste aber nicht mehr, wo genau ihm diese rote Jacke begegnet war und schaute fragend das Mädchen an, das gesprochen hatte.

„In der Schwebebahn! Wir sind in der gleichen Bahn der Linie 2 gefahren wie du, weißt du noch? Mit unserem Lehrer. Der sitzt übrigens dort drüben auf einer warmen Decke."

Sven wollte mehr wissen: „Wieso seid ihr bei uns in Walberg-Ost gewesen? Das ist doch Norland? Mit Grenzstacheldraht gesichert?"

„Wir haben eine Erlaubnis dafür gehabt", sagte die rote Weste stolz.

„Unser Lehrer hat um eine Genehmigung für einen Tagesausflug angesucht, und die haben wir bekommen. Einen einzigen Tag waren wir in Norland."

„Und? Hat es euch gefallen dort?"

„Nein. Wir durften nicht laut sein, nicht herumtoben, nicht lachen, aber wir haben's trotzdem getan. Und keiner hat den anderen berühren dürfen, das ist doch krank, oder?"

„Ja, das ist krank."

„Und uns ist aufgefallen, dass es überhaupt keine Straßenmusikanten gegeben hat. Keiner mit einer Klarinette, einer Geige, einer Gitarre."

„Was ist denn ein Straßenmusikant?", getraute sich Sven zu fragen. Er hatte den Ausdruck noch nie gehört.

Die Mädchen kicherten, ein bisschen Spott war auch dabei. Wieso weiß der aus Norland nicht, was ein Straßenmusikant ist?

„Na ja, einer der auf der Straße spielt, vor anderen Leuten, die stehen bleiben und ihm zuhören. Aber von Samstag bis Montag halten die Straßenmusikanten die vereinbarte Ruhezeit ein. Da wird nicht gespielt. Sogar wir Kinder musizieren ab und zu auf der Straße, das macht Spaß. Wir können nämlich alle ein Instrument spielen, weißt du?"

„Und lernt ihr das in der Schule?"

Die drei gaben bereitwillig Auskunft. Als Hauptfächer hatten sie Musik und Musikgeschichte, Malen und Kunstgeschichte, Astronomie und Sternenkunde, Literatur und Geschichte, Emotionale Intelligenz und Empathie. Die anderen Fächer konnten sie frei belegen: Mathematik, Physik, Chemie, Biologie, Informatik und noch vieles mehr. Die Kinder mussten mindestens zwei dieser sogenannten „Nebenfächer" auswählen, und das taten sie gerne. Sie durften sogar noch ein drittes Fach belegen.

Die rote Weste zeigte auf einen kleinen Hügel in der Wiese, der in der Dunkelheit kaum auszumachen war:

„Der Lehrer, der dort sternguckt, ist unser Astronomie- und Mathematiklehrer. Wir mögen ihn sehr."

Sven ließ den Lehrer schön grüßen, und die Mädchen liefen tuschelnd und kichernd davon.

So war das also hier in Andolands Schulen.

Computer gab es wohl, das hatte Sven schon gesehen, aber es gab kein Homeschooling, sondern Klassen mit wenigen Schülern. Das hatte der Abholer erwähnt. Alles andere wäre den Kindern nicht gut bekommen.

Es war spät. Sven und Jana verabschiedeten sich von den anderen und gingen auf ihr Zimmer. Sie hatten geglaubt, sie würden viel zu reden und zu besprechen haben, aber dafür waren sie viel zu müde. Es dauerte keine drei Minuten und die beiden schliefen ein.

Plötzlich klopfte es an der Tür. Dreimal. Jana hatte nichts gehört, sie schlief fest. Sven aber stieg aus dem Bett und ging zur Tür. Ein heller Streifen am unteren Ende der Tür verwirrte ihn. Er öffnete. Und da stand dieselbe weiß glitzernde Frau wie vor ein paar Stunden auf der Sternenwiese. Andromeda. Sie lächelte Sven an und überreichte ihm ein kleines Geschenk für Jana.

„Es ist eine Feder aus dem Flügel des Pegasus."

Als er danach greifen wollte, wachte er auf und war hellwach. Es dauerte lang, bis er wieder einschlafen konnte. Davor aber sah er noch in der Dämmerung, dass neben Janas Kopfposter eine weiße Feder lag. Der Traum hatte sie wohl hier bei ihr vergessen.

Am nächsten Tag, es war der Sonntag, hatten Jana und Sven vor, die Inszenierung von Shakespeares *Romeo und Julia* anzusehen. Der Autor hatte das alte Stück umbenannt in *... und Julia*, warum auch immer. Bis 19 Uhr war aber noch genügend Zeit für andere Unternehmungen.

Sie beschlossen, am künstlerischen Angebot der Stadt ein wenig teilzunehmen und danach noch in einer der Gaststätten, die den Kulturknotenpunkten angeschlossen waren, zu essen.

Die Betreiber der Häuser 1 und 2 hatten ein gemeinsames Projekt ausgearbeitet. Jeder, der wollte, konnte sich eine bestimmte Musik wünschen und einen Pinsel zur Hand nehmen. Er bekam eine Farbpalette und eine große Leinwand, und es konnte losgehen. Sven wollte das ausprobieren.

Jana ging inzwischen zu jenem Haus, in dem man selbst Geschichten schreiben lernte, dem Haus 3.

Musik von Chopin, das war es, was Sven sich wünschte. Musik, die seine Schwester als Willkommensgruß im Stadtsaal gespielt hatte. Die Etüde Nr. 23 in F-Moll und die Etüde Nr. 6 in B-Moll. Er brauchte die gewünschten Musiktitel nur laut genug in den Saal zu sprechen, die Musicbox reagierte sofort.

Als die ersten Töne der Etüde Nr. 23 aus der alten Box erklangen, hörte Sven kurz nur zu. Dann begann er. Er nahm die Farbpalette so in die Hand, als wäre er schon jahrelang Maler. Da waren die Farben Rot, Gelb, Orange, Grün. Farben nicht des Himmels, sondern der Erde. Und Weiß. Sven malte die Sterne. Bunt. Alle Sterne, die der Himmel anbot. Die Töne dieser Etüde kullerten aus der Musicbox wie tausende funkelnde Sternschnuppen. Sie kullerten herunter auf die Wiese, rollten dort weiter, sprangen sogar wie Pingpongbälle immer wieder hoch. Und genau das malte Sven. Sein Pinsel war das Medium, durch das die Gestirne des Himmels auf die Erde gelangten. Er malte grüne Tupfer, rote Tupfer, gelbe Tupfer, die auf der Leinwand herunterrollten. Die ganze Leinwand malte er voll mit diesen bunten, glitzernden Sternentupfern. Dreimal musste er die Musik neu starten, denn in einer Minute war dieses Tupfenbild nicht zu schaffen.

Drei junge Leute und ein Alter waren ebenfalls im Raum. Sie machten für Sven eine Pause, erkannten seinen Touristenstatus. Warteten einfach.

Sven war aufgeregt und erhitzt. Die Palette in seiner Hand wurde ihm zu einer Verlängerung des Arms. Er ließ sie nicht los. Nie wieder würde er sie loslassen.

„Die Etüde Nr. 6, bitte."

„Diese Töne und Harmonien hat Chopin sicher nur deshalb komponiert, damit ich viele Jahre später, mit diesen Klängen im Hintergrund, die Sternbilder malen kann", dachte Sven.

Er malte die Bilder über die heruntergekullerten Noten, die den Tupfenteppich bildeten. Die ganze Fläche der Leinwand füllte sich mit neuen Farben. Sven malte eine zweite, dritte, vierte Schicht. Stiegen die Töne in ihrer Höhe steil und rasch an, dann nahm Sven das Weiß, malte damit als Erstes Andromeda, in schnellem Pinselstrich. Am Ende einer Tonfolge, wenn die Musik leiser wurde, führte er den Pinsel sanft nach unten, mit dunkleren Farben. So machte er das bei allen seinen Sterngestalten. Grün für Perseus. Schwarz für Neptun. Die Leinwand zeigte kaum mehr weiße Stellen. Nur Andromeda erstrahlte in hell gleißendem Licht.

Das Sternbild des Orion, das jetzt im Sommer nicht zu sehen war, malte Sven trotzdem. In Orange und ganz, wie er es sich vorstellte, denn er kannte die wahre Form von Orion nicht.

Athene fehlte noch. Und Pegasus. Und Kassiopeia. Athene bekam ein dunkles Lila, Pegasus wurde silberfarben, Kassiopeia violett. Sven hatte noch nicht genug. Er staunte über sein Maltalent, hatte zuvor nicht gewusst, dass er so etwas konnte.

Den Chinesischen Hund, den es als Sternbild wohl gar nicht gab, malte er als Nächstes. Auch das Meereskamel, die Rote Schlange, den Großen Igel. Alles war erfunden, alles. Bald sah man auf Svens Leinwand vor lauter Sternen die Sternbilder nicht mehr, sie waren unter Schichten von Farbe verborgen. Eines aber beruhigte Sven: seine Fantasie, die war intakt.

Die Etüde Nr. 6 hatte Sven viermal spielen lassen, aber Andromeda ging ihm nicht aus dem Kopf. Die weiße Andromeda. Sie würde mit der Milchstraße kollidieren, vielleicht aber auch sich vereinen, irgendwann. Wo war der Unterschied? Was richtig war, wusste Sven nicht. Andromeda machte ihm plötzlich Angst. Er übermalte deshalb Kassiopeias Tochter mit schwarzer Farbe. Gleich darauf aber zerfetzte er das ganze Bild, damit die einstmals weiße Andromeda den Himmel von Andoland nicht doch noch zerstören konnte. Sven riss sein Gemälde entzwei wie einen Putzfetzen. Einfach entzwei. Aus. In seinem Kopf aber blieb es haften, das fast schwarze Bild.

Er war erschöpft, als Jana zu ihm kam. Auch sie war aufgewühlt, wirkte ein wenig unzufrieden.

In aufgeregtem Tonfall erzählte sie von ihren schriftstellerischen Versuchen im Haus 3. Ein attraktiver, junger Mann, der sich als Kai vorgestellt hatte und der Jana zunächst verlegen gemacht hatte, begrüßte sie. Und da saß sie nun. Mit sechs anderen Leuten saß sie in einem hellen, holzgetäfelten Raum und wartete gespannt. Kai sprach etwas von Reizwörtern, und die Schreibwilligen sollten daraus eine Fantasiegeschichte machen. Seine Wörter waren „Meereskamel", „Todesrose", „Schneewittchen" und „Liebespfeil".

„Bei ‚Liebespfeil' könnt ihr ruhig an Amor denken", meinte Kai grinsend.

Jana wusste nicht, was Amor war, obwohl ihre Oma ihr vieles erklärt hatte. Amor aber nicht.

Sie dachte nicht lange nach, schrieb einfach drauflos. Von einer Rose, die einer Toten ins Grab gelegt worden war und die plötzlich aufblühte. Von einem Kamel, das hauptsächlich im Meer schwamm und Schneewittchen auf seinen Schultern trug. Und von einem unsäglichen Pfeil, von Schneewittchen abgefeuert, der Kai mitten in die Stirn traf.

Es sollte aber eine zusammenhängende Geschichte sein, oder?
Jana beschloss, so zu schreiben, wie sie es wollte, und nicht, wie Kai es erwartete.

Sie war noch immer mit dem Schreiben beschäftigt, als Kai ihr sanft das Blatt Papier aus der Hand nahm.

„Die Zeit ist um", sagte er.

„Nicht für mich", entgegnete Jana, „aber nimm ruhig. Das Blatt ist ohnehin schon vollgekritzelt mit Wörtern."

Nach dieser Schreibphase hatte es für jeden die Möglichkeit gegeben, sein „Werk" vorzulesen. Jana hatte sich sofort gemeldet. So war sie eben. Sie hatte ihre Geschichten vorgelesen und die anderen hatten still zugehört. Am Ende hatten sie sogar vorsichtig geklatscht.

Dann aber hatte sie rasch den Raum verlassen, wollte nicht von Kai kritisiert werden, obwohl der das wahrscheinlich gar nicht vorgehabt hatte.

All das erzählte sie jetzt Sven.

„Und du? Was hast du erlebt, Sven?"

„Ach nichts."

Er war wortkarg wie immer.

Sowohl für *... und Julia* als auch fürs Essengehen war es noch zu früh. Sven und Jana beschlossen, auf eigene Faust noch einen Rundflug mit einem MOB zu machen. Sie wagten sich weiter in den Norden, sahen Solarkollektorfelder und Windräder, beobachteten Menschen bei der Arbeit am Feld oder beim Hausbau, sahen in der Ferne sogar eine Kleinstadt ähnlich Walberg. Alles schien friedlich. Jana aber begann, diesem Frieden zu misstrauen. Irgendetwas war ihrer Meinung nach in Andoland nicht so perfekt, wie die Leute versuchten, es die Besucher glauben zu machen. Sie zweifelte schon länger an dieser andoländischen Idylle. Da war wohl keine Katastrophe im Gange, nein, aber einfach ein Fehler im System. Nein, ein Fehler unter den Menschen hier.

Sven teilte Janas Skepsis nicht.

Nach der Rückkehr verschoben sie den Besuch einer Gaststätte auf die Zeit nach der Vorstellung. Hunger hatten sie jetzt noch keinen.

Um 19 Uhr begann das Stück ... *und Julia* frei nach Shakespeare. Die Aufführung fand im Haus 5 statt, wo Jana ihre Schreibversuche abgeliefert hatte. Karin und Lisa waren auch gekommen. Das Theater war nicht voll, aber es war „gut besucht", wie man so sagte.

Es würde eine Pause geben, sagte man ihnen, und Karin meinte mit einem verschmitzten Lächeln: „Bin gespannt, wie es euch gefallen wird. Ich hab' es nämlich schon gesehen. Es ist ... Na ja, ungewöhnlich."

Da Sven und Jana nur die paar Zitate aus dem alten Buch kannten, das am Grenzzaun von Jana gefunden worden war, war es ihnen nicht so wichtig, dass das Stück „ungewöhnlich" sein würde. Sie wussten ja nicht, wie es „gewöhnlich" war.

Der Vorhang bewegte sich nach oben, die Vorführung begann. Dass noch immer Tageslicht im Raum war, störte keineswegs. Scheinwerfer waren noch zusätzlich eingeschaltet worden.

Romeo und auch Julia, waren völlig in schwarzes Lackleder gekleidet. Sie hatten schwarze Fingernägel, schwere Ketten an Armen und Füßen, tätowierte Gesichter. Und sie schrien mehr, als sie sprachen. Trotzdem war alles gut zu verstehen. Eine Liebesgeschichte entwickelte sich auf der Bühne, der es nicht an Intensität fehlte. Die beiden jungen Leute, um die es da ging, liebten einander immer tiefer und heftiger. Karin flüsterte ihren Gästen zu, dass hier, bei dieser Inszenierung, Shakespeare sehr frei umgesetzt wurde, und dass noch Überraschendes auf die Theaterbesucher zukommen würde. Da Karin das Stück auch im Original gut kannte – das hatte sie vor Beginn Jana und Sven verraten – war für sie diese Inszenierung noch erstaunlicher, obwohl sie sie ja schon einmal gesehen hatte. Am Ende des ersten Akts heirateten Romeo und Julia, was nicht dem Originaltext entsprach.

Nach der Pause sah alles ganz anders aus. Romeo und Julia waren alt geworden. Ein altes Ehepaar ohne rechte Freude aneinander. Julia stichelte an Romeo herum. Romeo meckerte über Julias Aussehen. Ständig hatte einer am anderen etwas auszusetzen. Es war traurig anzuschauen.

Schließlich beschlossen sie, gemeinsam aus der Welt zu scheiden, der sie überdrüssig geworden waren. Mit einem Dolch. Schließlich musste der Regisseur doch ein wenig auf Shakespeares Zeit eingehen.

Die Schlussszene gestaltete sich dramatisch:

Die alten Eheleute legten sich aufs Bett, den Dolch hatte Romeo besorgt. Er hatte vor, als Erster diese Welt zu verlassen, und er rang Julia davor noch den Schwur ab, dass sie es ihm gleichtun werde. Mit großem Mut rammte sich Romeo den Dolch in den Leib.

„Wie die Kamikaze-Selbstmörder in Japan", flüsterte Karin.

Im Moment des Sterbens reichte der alte Mann noch den Dolch an Julia weiter, dann starb er. Julia nahm die scharfe Waffe, stand auf, schaute auf ihren toten Gatten und frohlockte: „Es ist noch nicht aus, mein Lieber. Ich will noch die Welt sehen, will Feste feiern, will lachen mit meinen Freunden, und tanzen. Ohne dich."

Sie hatte wenigstens noch den Anstand, sich zu bedanken.

Dann verließ sie die Szene. Der Vorhang fiel.

Der Applaus war mäßig, aber es gab durchaus ein paar „Bravo"-Rufer.

Niemals gab es ein so herbes Los
als Juliens und ihres Romeos.

An diese Schlusszeilen erinnerten sich Jana und Sven. Das „herbe Los" traf in dieser Inszenierung wohl nur Romeo. Jetzt verstanden die beiden auch, warum das Stück mit *... und Julia* betitelt war. Schließlich blieb Julia am Leben. Romeo war ausradiert worden.

„Ungewöhnlich", sagte Sven zu seiner Schwester. Mehr wagte er nicht zu beurteilen. Er war ja noch nie in einem Theater gewesen, wusste also nicht, welche Normen da galten. Vielleicht gar keine?

„Aber interessant", meinte Lisa.

Jana aber, Jana war erschüttert von dieser Geschichte. Ihr erstes Theaterstück – bis auf zwei Komödien mit ihrer Mutter als Schauspielerin – und gleich so entsetzlich traurig.

Fast weinte sie.

Lisa bezeichnete das Theaterstück, das sie gesehen hatten, kurzerhand als Unsinn und lachte dabei ihren Sohn an. Sven war mit den lockeren Formen des Umgangs mit seiner Mutter noch nicht vertraut, aber es gefiel ihm, dass sie offen sagte, was in ihrem Kopf war. Natürlich würde noch mehr Nähe zwischen ihnen entstehen, wenn sie länger beisammen wären, aber das war wohl nicht möglich und auch nicht in Svens Sinn. Ihm war es recht, so wie es war.

Lisa verabschiedete sich und flog nach Hause.

Jana, Sven und Karin aber wollten noch ein Glas Wein trinken, irgendwo.

Eigentlich wollte nur Karin Wein trinken, die beiden anderen waren Alkohol überhaupt nicht gewohnt. Der Einfachheit halber blieben sie gleich in jener Gaststätte, die dem Theater angeschlossen war. Bei jedem Kulturknotenpunkt, jedem der Häuser 1 bis 6, waren Gaststätten angeschlossen. Man sagte hier Beisl dazu.

Platz im Innern des Beisls war genug, fürs Sitzen im Freien war es schon zu kühl. Karin und Sven betrachteten sofort eingehend die Speisekarte. Es gab, wie überall in Walberg-West, nur zwei Speisen. Hier, neben dem Theater, bot man heute Spinat-Omelette und gebratenes Gemüse an. Sven dachte wieder an Opa Franz. Und an Vater, der für Franz gekocht hatte.

Karin orderte sofort Rotwein. Sie wollte ihn unbedingt jetzt gleich und sofort, was Jana nachdenklich stimmte. Jetzt gleich? Und sofort? Hatte sie Probleme mit Alkohol? Nein. Die tolle Pianistin und gebildete Schwester von Sven hatte so etwas nicht. Jana

fielen die Mahnungen des Obersten Rates in Walberg-Ost ein. „Kein Alkohol, er ist gefährlich", sagte man ihnen von klein auf.
Sven rief der Wirtin, die gerade den Wein bereitstellte, zu: „Einmal Spinat-Omelette bitte."
Karin tat es ihm gleich:
„Dasselbe für mich, Teresa."
Svens Schwester schien mit der Wirtin vertraut zu sein, und auch andere Gäste, die hier lachten, aßen, tranken, begrüßten Karin wie eine Wohlbekannte. War sie hier Stammgast?
Jana wollte nichts essen, bestellte nur Holundersaft. Und sie verfiel in stummes Nachdenken. Karin, was war mit ihr? Ein so heftiges Verlangen nach Wein, war das normal hier?

Die Herrscherin über Küche und Haus, eine Frau von vielleicht siebzig Jahren, war agil, beweglich, wirkte sehr lebendig. Trotz ihres Alters. Sie war mit einem weiten, fast bodenlangen Rock bekleidet. Alle Farben des Herbstes leuchteten auf dem Leinenstoff. Ein bequemer Rock, und er stand Teresa ausgezeichnet. Die Bluse dazu war in einem blassen Rotbraun eingefärbt. Ihr graues Haar lugte unter einem großen weiß glitzernden Hut mit einer riesigen, ebenfalls weißen Feder hervor.
„Wie Mama im Theater", dachte Jana belustigt.
Teresas Lippen leuchteten rot. Sie leuchteten im Freien wohl bis zu den Wolken hinauf. Wolken, die das Abendrot in nächtliches Schwarz verwandelten.
Jana gefiel das.
„Fast wie die Lippen von Lisa, Svens Mutter", dachte sie.

Die Wirtin arbeitete mit gemächlichem Tempo unbekümmert an der Theke. Nichts konnte sie aus der Ruhe bringen. Bestimmt nicht. Sie lächelte ständig, aber es war kein künstliches Grinsen, es war ein echtes, freudvolles Lächeln. Sie wirkte wie eine, die vieles erlebt hat. Trauer, Überschwang, Bosheit, Verzweiflung, Glück, alles. Und sie hat alles gut überstanden. So wirkte sie jedenfalls.
„Sie lacht sicher hundertmal am Tag", dachte Jana und musste selbst leise lachen.

Teresa kam mit dem Wein, schaute Jana verblüfft an, stellte das Weinglas auf den Tisch, ohne hinzuschauen, starrte nur auf Jana.
Eine Pause entstand. Keiner sagte etwas.
„Kennst du mich nicht mehr?"
Jana erschrak. Galt diese Frage ihr? Warum sollte sie Teresa kennen? Sie lief rot an, was Sven bei ihr noch nie gesehen hatte.
„Nein, ich glaube nicht, dass ich Sie kenne."
Jana versteckte ihre Unsicherheit hinter der distanzierten Ansprache „Sie."
Was Teresa nicht kümmerte. Sie ließ nicht locker:
„Denk an die Lateinstunden und die vielen anderen interessanten Dinge, die wir beide erforscht haben. Und an die Kastanien, die wir im Herbst gesammelt haben, als du noch klein warst. Das hast du doch sicher nicht vergessen, Kind."
Janas Erinnerungsbilder schwammen trüb und diffus auf dem Grund eines Meeres von nicht Bewusstem. Sie warf eine Angel aus und zog diese Erinnerungen an die Oberfläche. Jetzt schwammen sie obenauf. Jana war stärker als ihr inneres Meer, das die vielen Bilder von früher einfach verschluckt hatte.
„Oma?"
„Ja, Kind."
Und dann geschah Unerwartetes. Jana stand auf, holte aus und klatschte ihrer Großmutter eine Ohrfeige auf die Wange.
„Die ist fürs jahrelange Schweigen."
Und noch einmal schallte es, hörbar für alle im Raum.
„Und die für dein mieses Versteckspiel."
Dann setzte sich Jana wieder und schluchzte los. Die anderen waren ratlos.
Teresa wurde ernst, wartete ab, schließlich beugte sie sich über Jana, legte ihr die Hand auf die Schulter.
„Verzeih."
Nur ein Wort: „Verzeih."
Jana sah ihrer Oma ins Gesicht, sagte nur:
„Lass mich in Ruhe."
Sie beruhigte sich, und die übrigen Gäste wandten sich wieder ihren Gesprächen und ihren Weingläsern zu.

„Vielleicht morgen", meinte Jana mit einem winzigen Lächeln. Teresa aber lächelte diesen Abend nicht mehr. Kein einziges Mal. Karin bestellte ein zweites Glas Wein, trank es viel zu rasch leer. Im Übrigen taten Sven und sie, als ob nichts geschehen wäre. Das war Jana nur recht. Sie sprach kaum mehr, wartete, bis die beiden gegessen hatten, drängte dann zum Aufbruch.

Es war nicht weit bis zum Gästehaus, und das Gehen in der kühlen Nachtluft tat allen gut, die Stimmung entspannte sich. Jana wollte, dass Karin noch ein wenig bei ihr und Sven blieb. Es war zwar schon Mitternacht, aber Karin nahm die Einladung an.

Nach kurzer Zeit im gemütlichen Gästezimmer kündigte Sven mit einem Gähnen an, dass er jetzt schlafen gehen würde, legte seine Kleidung bis auf die Unterwäsche ab und fiel todmüde ins Bett.

Die beiden Frauen aber redeten weiter, sprachen über die Unterschiede zwischen Norland und Andoland, über die Schwierigkeiten da und dort, und schließlich über Karins Umgang mit Alkohol.

„Es ist ein Problem, Jana. Ein Problem, das es in ganz Andoland gibt. Aber es ist ein Uhr nachts. Ich will jetzt nicht darüber reden. Nur so viel, Jana, es hat mit Angst zu tun. Und mit Freiheit."

Über Janas Großmutter sprachen sie nicht.

Jana erkannte diffus, dass ihre Zweifel an der Harmonie in diesem Land berechtigt waren. Karin sagte nur noch:

„Ich werde euch morgen etwas zeigen."

„Was wohl?", fragte sich Jana.

Sven war längst eingeschlafen, doch ein Teil seines Bewusstseins war noch wach. Er hörte nur Wortfetzen von dem, was die beiden Frauen sprachen. „Problem", „Alkohol", „Angst", „Freiheit", und Karins Ankündigung, ihnen etwas zu zeigen.

Schließlich schlief er fest.

In der Nacht hatte Sven das Gefühl, nicht allein zu sein. Er tastete sein großes Bett ab, berührte plötzlich zu seiner Linken mit seiner Hand etwas Weiches, Warmes. Dann wandte er sich nach rechts. Das gleiche Gefühl, auch hier. Er fühlte sich eingebettet wie in den Schoß der Mutter.

„So müssen sich Ungeborene fühlen", dachte er.

Er erwachte aus seinem Halbschlaf, im Raum war es durch die Straßenbeleuchtung draußen nicht gänzlich dunkel. Und was er sah und spürte, überraschte ihn. Karin und Jana hatten sich offenbar zu ihm ins Bett gelegt. Sie lagen da, Sven in der Mitte, die Frauen an ihn geschmiegt, mit nichts bekleidet. Sven vermutete, dass er sich in einem seiner Träume befand, wollte nicht, dass der Traum aufhörte und genoss die Wärme und Weichheit um sich.

„Bitte, nicht aufwachen."

Er wusste nicht, an wen diese Bitte ging.

Nach geraumer Zeit zwang er sich, völlig aufzuwachen. Es musste sein. Und da lagen die beiden Frauen, seine Schwester und seine Freundin, nackt, und sie schliefen fest an seiner Seite. Es war kein Traum.

Durch Svens Bewegungen wachte Jana auf, aber nur halb. Sie fragte: „Was ist?", und kehrte dann wieder ins Traumland zurück. Ein Traumland, das diesmal nicht das von Sven war. Es war real, was er da sah und spürte, und das war das Sanfteste, Angenehmste, Liebevollste, was er je erlebt hatte. Er war in einer Welt aufgewachsen, in der geringer Abstand zueinander oder gar Berührungen verboten, nein, nicht empfohlen wurden. In Norland.

Und wo war er jetzt? Im Paradies? Jana würde sagen: „Ich trau' dem Frieden nicht."

Sven schlief danach tief. Bis zum Morgen.

Als er aufwachte, gänzlich aufwachte, waren die beiden Frauen weg.

Sie frühstückten sicher schon.

Heute war Montag, und es gab zwei Fixpunkte in der Tagesplanung: Jana wollte sich mit ihrer Oma versöhnen. Und Karin wollte ihnen beiden etwas zeigen.

Man machte sich schon früh auf den Weg.

Zuerst zu Teresa.

„Oma, warum hast du dich nie gemeldet und die Sorgen, die wir uns um dich gemacht haben, beendet? Warum?"

Teresa begründete das damit, dass sie viele Jahre hindurch beobachten musste, wie Mia, ihre Tochter, nichts anderes in den Mittelpunkt ihres Lebens gerückt hatte als sich selbst. Weder sie, ihre Mutter, noch Jana, ihr Kind, nur sie selbst war das Zentrum ihres Lebens gewesen. Und als Teresa über Nacht verschwunden war, da hatte Mia nach ihr suchen lassen, aber nur sehr kurz. Es war eine Pflichtübung für sie gewesen, mehr nicht. Natürlich hatte Teresa auch daran gedacht, dass ihre Enkelin sehr traurig sein würde. Ihre Oma verschwunden. Wo war sie? Aber Teresa hatte damals, vor etwa acht Jahren, gedacht, dass es besser wäre, wenn ihr Enkelkind an einen Unfall glaubte, als zu erfahren, dass ihre Oma einfach weggelaufen war.

„Also bin ich nach Andoland ausgewandert, obwohl ich nicht B-positiv war. Man hat mich freundlich aufgenommen. Ich war nicht die erste Überläuferin, und man kannte sich mit so einer Situation aus.

Es tut mir leid, Jana, mein Kind. Es tut mir leid. Und jetzt, jetzt bist du ja da."

„Aber für wie lange?", dachte Jana

Dann wollte sie noch wissen, ob die beiden Frauen an der Grenze, die alte und die junge, die eine Geige und eine Farbpalette dort abgelegt hatten, sie und Karin gewesen waren, Svens Schwester.

„Ja, das waren wir."

„Und wieso habt ihr gewusst, dass wir an die Grenze kommen und die Dinge abholen würden?"

„Mein Gott, Kind", lächelte Teresa verschmitzt.

„Unsere Kommunikationsmittel sind ausgereifter als bei auch, glaub mir. Wir wissen vieles über euch, sehr vieles."

Jana wollte noch hören, woher ihre Oma überhaupt von Andoland gewusst hatte. Die meisten Menschen im Osten, vor allem die jungen, hatten ja keine Ahnung.

„Ich hatte drüben in Norland einige wenige Menschen kennengelernt, die heimlich das unbekannte Nachbarland besucht hatten und davon berichteten", meinte Teresa.

„Und es gibt sie immer wieder. Menschen, die bei euch im Osten – manche hier sagen im Totenland – wohnen wie ihr und die nach einem Ausflug zu uns wieder ihre Sachen packen und zurückkehren. Obwohl sie unseren Leuten hier versprechen müssen, dass sie schweigen, erzählen manche von ihrem Ausflug. Das kommt aber selten vor. Wollt ihr auch zurück nach Walberg-Ost?"

Zur gleichen Zeit kam von Sven „Ja", von Jana „Nein."

„Wieso sagen manche bei euch ‚Totenland', Oma? Das ist ja schrecklich."

„Aber seid ihr nicht fast tot da drüben, Kind? Ihr lebt doch nicht, oder? Ihr seid wie Puppen, mit denen man so tut, als wären sie lebendig, aber wenn ihr genau hinseht, seid ihr tote Puppen. Puppen, die an Fäden hängen, ohne es zu wissen. Ich bin geflohen. Nicht vor deiner Mutter und nicht vor dir, Jana, sondern vor diesen Puppen und vor diesen freudlosen, hoffnungslos gesunden Menschen. Gesund waren wir alle – ja, auch ich – aber gleichzeitig waren wir abgestorbene Pflanzen. Pflanzen ohne Wasser.

Wir hier haben unsere Beschäftigung mit allen Schattierungen von Kunst. Das ist unser Wasser, das uns leben lässt."

Das war hart gesprochen von Teresa, aber wahrscheinlich hatte sie recht. Und ihre gerade Art, die direkt ins Schwarze traf und bei der sie sich kein Blatt vor den Mund nahm, gefiel ihrer Enkelin durchaus.

Der Schlusspunkt des Gesprächs war eine vorsichtige Umarmung und ein kleiner Kuss auf die Wange. Für vieles von dem, was ihre Großmutter gerade erzählt hatte, hatte Jana Verständnis. Sie beschloss, ihre Oma wieder zu mögen, auch wenn das nicht sofort und augenblicklich gelingen würde. Trotz Mias Selbstbezogenheit mochte Jana aber auch ihre Mutter, selbst wenn sie damals nicht lange und zu oberflächlich nach der vermissten Oma gesucht hatte. Mia war so eine herrlich verrückte Mutter, und so eine Frau tat gut in Norland. So sah es jedenfalls Jana.

Nach dem Mittagessen machten sich Jana, Sven und seine Schwester auf den Weg zu einer MOB-Station. Karin wollte ihnen ja etwas zeigen, was immer das war.

Zuerst holten sie Lisa ab, Svens Mutter. Sie wollte mit. Und Sven spürte, dass er sich darüber freute.

„Jetzt sind die drei Verschwundenen, über die Jana und ich vor einiger Zeit gesprochen haben, vereint. Gemeinsam in einem MOB, in einem anderen Land als Norland", dachte Sven.

Sie flogen ohne Piloten – ein solcher war nicht nötig – Richtung Norden, bis an den Rand des Stadtgebiets und noch weiter, über Dörfer und Felder. Während der Fahrt sprach keiner von ihnen, obwohl Jana und Sven schon darauf warteten, von Karin aufgeklärt zu werden. Was wollte sie ihnen zeigen?

Während des Flugs sah Sven vom MOB aus Menschen, die er nie hier in Andoland vermutet hätte. An einem Holztisch in einem großen Park saßen sechs oder sieben junge Leute, die tranken, lachten, redeten. Sven kannte sie. „Aussteiger" hatte er sie daheim genannt. Der Anblick vom MOB aus war genau der gleiche wie der von der Schwebebahn aus, als Sven über dem Park daheim hinweggeglitten war. Jenem Park, in dem ein Holztisch mit sechs oder sieben jungen Leuten stand. Es war wie ein Déjà-vu.

„Schau, Karin! Da sind Burschen und Mädchen, die ich kenne. Von daheim. Wie gibt's das?"

Karin kannte diese fröhliche Runde und verriet dem verblüfften Bruder, wer das war. Es waren keine „Aussteiger", nein. Es waren Psychologiestudenten von hier, aus Andoland, genauer aus Walberg-West, die eine Dauergenehmigung für den Besuch von Norland hatten. Sie hatten von ihren Professoren den Auftrag bekommen, zu untersuchen, wie sich das Leben der Norländer bei der dortigen Lebensweise auf die Psyche auswirkte. Den Einfluss des Systems auf Kinder zu untersuchen, das war ihre vorrangige Aufgabe. Dass sie eine Dauergenehmigung erhalten hatten – sowohl vom Obersten Rat in Norland als auch von der Andoländischen Bürgerversammlung – das wunderte Karin. Meist waren nur kurze Tagestrips erlaubt. Die Bürgerversammlung in Andoland war da offensichtlich von einer schlampigen Großzügigkeit, aber der Oberste Rat in Norland war sehr genau und streng. Kaum Besuche, kaum Grenzverkehr. Punktum.

Diese Studenten trafen sich oft an ihrem Tisch im Grünen, um Erfahrungen und Beobachtungen auszutauschen. Nicht zuletzt aber auch, um zu tratschen, zu lachen, zu trinken. Viel zu trinken.

„Zuerst die Kinder mit ihrem Lehrer, jetzt die Studentengruppe. Was wird noch kommen?", fragte sich Sven.

Nach einer halben Flugstunde landeten die vier vor einem weitläufigen Gebäudekomplex, aus Holz und Beton gefertigt, modern gestaltet. Noch wussten nur Karin und Lisa, worum es sich hier handelte. „Wisst ihr was? Wir setzen uns für eine Weile ins Café dieses besonderen Hospitals, und ich werd' euch bei Kaffee und Kuchen einiges erzählen. Einiges, das bedrückender und komplizierter ist als unsere Kulturszene", schlug Karin vor.

Sie betraten das Café.

Also ein Hospital. Was waren hier für Patienten untergebracht? Was bedeutete die Bezeichnung „AAS-Zentrum" über dem Eingang, die Sven sehr wohl aufgefallen war?

Dass Karin die Berechtigung hatte, jederzeit hier ein- und auszugehen, erklärte sie damit, dass sie zwei- bis dreimal im Monat für die Patienten Klavier spielte. Schuberts Impromptus, Strauß, Grieg, Beethovens Sonaten, alles Mögliche spielte sie. Und sie tat das sehr gerne.

Der bestellte Kaffee und der Schokoladenkuchen wurden serviert, die Kellnerin wünschte „Guten Appetit", und diese Kellnerin war niemand anderer als die asiatische Katzenfrau aus der Schwebebahn. Sven stand der Mund offen. Er war mehr als erstaunt. Diese dritte Begegnung mit Menschen, die offensichtlich in Andoland lebten und in Norland auf Besuch gewesen waren, ließ ihn langsam glauben, dass Norland bereits durchsetzt und unterwandert war von Andoländern. Nicht nur von Leuten wie die Kinder mit ihrem Lehrer, die Studenten, die Kellnerin, sondern von viel mehr Menschen. Sven würde sich nach seiner Rückkehr beobachtet fühlen in Walberg-Ost. Womöglich überwacht?

„Heute keine Katze dabei?", fragte er mutig die Asiatin aus der Schwebebahn.

„Ich hab' keine Katze", meinte die Kellnerin etwas brüsk und lief davon. Lief weg von diesem seltsamen Touristen. Sie hatte Sven anscheinend nicht erkannt. Oder doch?

Nach dieser für die anderen seltsamen Begegnung blieben sie lange sitzen in diesem Café. Es wurden zwei Stunden daraus, die mit viel Kuchen und später auch Wein begleitet waren.

„Wo sind wir hier?", hatte Jana am Anfang, nachdem sie sich alle gesetzt hatten, leicht verärgert gefragt. Und dann hatte Karin zu erzählen begonnen. Sie erzählte von einer Krankheit, die allgemein als Orion-Syndrom bezeichnet wurde. Orion-Syndrom deshalb, weil diese Krankheit im Winter, wenn man Orion am Himmel sieht, zum ersten Mal diagnostiziert worden war. Aber der Name hatte keine Bedeutung.

Karin erzählte. Sie erzählte von einer dunklen Seite Norlands. Von einer problematischen Seite. Die Buchstaben AAS standen für die Worte „Angst", „Alkohol" und „Suizid". Und dann erfuhren Jana und Sven, dass die Selbstmordrate in Andoland sehr hoch war. Zu hoch.

„Man muss nur nach dem Grund von allem suchen und die Sache von hinten aufrollen", meinte Karin.

„Der Grund für die vielen Selbstmorde ist der Alkoholmissbrauch. Der Grund für den Alkoholmissbrauch ist die Angst. So sehen die Ärzte das."

„Welche Angst denn?", fragten Jana und Sven gleichzeitig.

Und dann erfuhren sie vieles von Andoland. Vielleicht zu viel. Die Menschen hier hatten nur zehn Stunden Arbeit in der Woche. Das hieß, dass sie sich andere Beschäftigungen suchen mussten, um nicht in Langeweile zu ersticken. Diejenigen, die sich der Kultur und der Kunst zuwandten, schafften es, ein gutes Leben zu führen. Andere aber vertrugen die kurze Arbeitszeit nicht, weil sie nicht wussten, was sie den ganzen Tag über tun sollten. Um so viel freie Zeit füllen zu können, brauchte man Fantasie und einen starken Willen, was nicht jeder hatte in Andoland. Die Gefahr, dass so mancher zu trinken begann, war groß.

„Aber du hast gesagt ‚Angst'. Wieso Angst? Wovor haben die Leute Angst?" Jana war wieder einmal ungeduldig.

Jetzt redete Svens Mutter. Sie erklärte, dass „Zeit zu haben" Freiheit bedeutete. Aber diese Freiheit konnte nicht jeder nutzen.

Das schaffte nicht jeder auf Dauer. Die Leute hatten Angst, bei der Suche nach sinnvollen Tätigkeiten zu versagen. Angst vor dem drohenden Nichtstun. Angst vor der Freiheit.

Das Geld war abgeschafft in Andoland. Also auch damit konnte man sich nicht bestätigen.

Die Verwaltung und die Bürgerversammlung taten ihr Übriges. Sie mischten sich nicht ein ins Private. Ob aus Überlegung heraus oder aus Schlampigkeit und Faulheit, das war nicht recht klar. Die Bürger litten jedenfalls nicht unter besonderen Vorschriften oder Zwängen. Aber viele Menschen brauchten klare Strukturen, Regeln, Empfehlungen. All das gab es hier in Andoland nicht.

Die Leute waren sich sicher, dass es in keinem der Nachbarländer ein ähnliches System gab, ein System mit zu viel Freiheit. Sie fühlten sich manchmal wie Versuchskaninchen, denen man zusah, ob sie solch ein Leben in den Griff bekamen.

Lisa zitierte einen Ausspruch von Jean-Paul Sartre:

„Der Mensch ist dazu verdammt, frei zu sein."

„Nicht schlecht gesagt von diesem Sartre", dachte Jana.

Es gab da noch eine Angst. Die vor dem Eingesperrtsein in diesem kleinen Land. Der Stacheldraht um ihr Territorium verunsicherte manche Menschen hier. Sie hatten das Gefühl, nicht hinauszukönnen und zu dürfen. Viele behaupteten zwar, dass es ihnen nichts ausmache, nicht hinauszukönnen. Sie meinten, dass sie das ja gar nicht wollten. Hinaus. Aber ihr Körper reagierte anders, wusste es besser. Es kam vermehrt zu Angststörungen und eben Alkoholmissbrauch.

„Und können sie denn wirklich nicht hinaus?"

„Doch. Sie können. Mit Genehmigungen und mit viel Papierkram. Das wollen nicht alle. Außerdem bekommen nur wenige die Erlaubnis für einen Grenzübertritt. Was wundert es da, wenn viele zur Flasche greifen und im Alkohol Ruhe suchen. Der Alkoholismus in Andoland ist ein Schwelbrand im Untergrund. Niemand redet darüber. Versucht einmal – beispielsweise in einer Gaststätte – das anzusprechen. Es wird eurem Gesprächspartner peinlich sein. Er wird das Thema wechseln oder das Weite suchen. Man redet einfach nicht darüber.

Unser AAS-Zentrum hier nimmt Leute auf, die schwere Alkoholiker sind. Man versucht, zuerst genau zu schauen, welche Ängste sie plagen, um sie ihnen im Anschluss vielleicht nehmen zu können und sie vor dem Suizid zu bewahren."

„Gibt es Leute, die nach Norland zurückwollen?"

„Ja, die gibt es", sagte Karin.

„Manche aus Andoland flüchten. Zurück nach Norland oder in andere angrenzende Länder. Länder, in denen alles ‚normaler' ist als bei uns. In denen es fixe Strukturen, Regeln, auch Verbote gibt. Und längere Arbeitszeiten. Diese illegalen Fluchtbewegungen sind natürlich untersagt, aber die Verantwortlichen sehen einfach weg und schweigen. Man hält den Mund. Die Überläufer leben dann in Norland viel eingeschränkter als bei uns, aber es gibt für sie Ordnung und Sicherheit, das ist ihnen wichtig. Sie nehmen sogar die Pflicht auf sich, dreimal die Woche ins GeZ zu müssen. Selbst an die Berührungsverbote halten sie sich lieber als an den Zwang, frei zu sein. Sie gehen weg von Andoland, weil sie Angst haben vor unserem System, fürchten, dass sie ihm nicht gewachsen sind.

Trotzdem ist es das beste System, das es gibt, denke ich."

Karin bestellte ein Glas Orangensaft. Ungewöhnlich für sie. Lisa aber nippte schon an ihrem dritten Glas Rotwein. Beide Frauen versicherten, dass sie keine Veranlagung zur Sucht hätten, aber war das wirklich so?

Sven versuchte so etwas wie eine Zusammenfassung:

„Bei uns in Norland ist die Angst vor Bestrafung das Vorrangige. In Andoland ist es die Angst vor der eigenen Freiheit. Niemand sagt den Bürgern, was zu tun ist. Das ist nicht einfach."

„Großartig, wie klar du das formulierst, Sven", stichelte Jana grinsend. Sie konnte es eben nicht lassen.

Sven kümmerte Janas Sarkasmus nicht. Er dachte nach, lange. Auch die anderen blieben still.

Sven durchbrach schließlich die Stille und fragte nicht ohne Zynismus in die Runde, die nun schon seit zwei Stunden beisammensaß:

„Ist nun euer Land hier eine Insel? Eine strahlende Insel in einem Meer von Vorschriften und Zwängen rundherum? Oder ist es ein ungemütliches und regelloses Eiland, in dem Chaos herrscht? Ein Eiland, das von einem Ozean voller Ruhe und Sicherheit umgeben ist?
Ich denke, es ist schwer zu entscheiden."
Nach diesen theatralischen Worten lachten plötzlich alle los. Sie lachten einfach. Es war wie ein frischer Wind nach einem drückenden Tag.

Nun schlug Karin den anderen einen kurzen Rundgang durch das Zentrum vor. Gut. Also ein Rundgang. „Aber wozu?", fragte sich Jana. Sie hatte genug gehört.
Sie gingen durch die Gänge, sahen Patientenzimmer, freundliche Menschen in einer freundlichen Atmosphäre. Auch hier war es so, dass eine Ärztin nur zwei Patienten zu betreuen hatte. Das war derselbe Luxus wie in Norland. Ein Luxus, der sich „bezahlt" machte.
Jana und Sven drängten darauf, rasch durch die Räumlichkeiten zu gehen. Sie wollten nicht dastehen und die Leute hier bestaunen, wie man früher die Schimpansen im Zoo bestaunt hat.
Da ging ein kleiner, dürrer Mann, ein Patient, grinsend auf sie zu und sagte geradeheraus:
„Ich bin Jakob. Woher sind Sie denn?"
Jana hatte keine Scheu:
„Aus Norland."
„Aus Norland? Schön."
„Und wie geht's Ihnen hier in dieser Klinik, Jakob?"
„Sehr gut. Ich muss nicht Geige spielen, muss kein Gemälde malen, kein Buch schreiben. Ich hab's gut. Die Essenszeiten sind pünktlich um acht Uhr, um 13 Uhr, um 19 Uhr. Auch die Therapiezeiten sind jeden Tag gleich. Und zweimal die Woche darf ich Besuch haben. Das ist alles recht gut geplant hier. Auf die Leute hier ist Verlass."
„Ja, und was machen Sie so den ganzen Tag?"
„Also. Ich hab' drei Stunden Therapie am Tag. Andere haben weniger oder sogar mehr. Aber wir haben auch tolle Sportanlagen,

Minigolfplätze, einen Fernsehraum, Sauna, einen großen Teich mit Goldfischen. Da kann ich schauen, einfach nur schauen. Ich muss ihn nicht gleich zeichnen, den Goldfisch. Oder gleich ein Gedicht über ihn verfassen."

Am Heimflug waren alle recht still. Lisa versuchte, die Nachdenklichkeit zu durchbrechen:
„Es gibt 37 solcher Zentren in Andoland. Das ist viel bei circa 80000 Einwohnern."
Es blieb beim Versuch, die Stille zu beenden. Man schwieg.
Der Flug zurück dauerte wie der Herflug eine halbe Stunde. Sven wurde müde, seine Augen fielen ihm fast zu. Bis das MOB endlich mit einem kleinen Ruck landete.
Da geschah Seltsames: Die Schulmädchen mit ihrem Lehrer, die Sven schon kannte, liefen auf die soeben gelandete Gruppe zu. Sie quietschten alle durcheinander. Ob aus Freude oder aus Angriffslust konnte man nicht sagen. Es war unangenehm.
Im Hintergrund stand der dürre Mann aus der Klinik und grinste.
„Das kann nicht sein", dachte Sven.
„Ich muss diesen Menschen verwechselt haben. Der Dürre aus der Klinik kann das nicht sein."
Was er erst jetzt bemerkte, war ein kugelförmiges Glas in der Hand des Dürren. Ein Glas mit einem Goldfisch.
Das MOB landete mit einem kleinen Ruck, der Sven weckte. Es war also wieder einmal ein Traum gewesen. Keine Schulmädchen. Kein dürrer Patient. Kein Goldfisch. Alles war friedlich. alles war „normal".

Jana, Sven und Karin beschlossen, nach diesem anstrengenden Ausflug langsam durch die Stadt zu spazieren.
Lisa flog nach Hause, nicht ohne vorher ihren Sohn Sven zu umarmen. Es fühlte sich warm an. Karin, die als Führerin der kleinen Gruppe galt, hatte – noch vor dem Spaziergang – das Bedürfnis, etwas ganz Wichtiges zu sagen:
„Ich hab' das alles erst einmal erzählt, hab erst einmal jemandem das AAS-Zentrum gezeigt. Aber die Leute, die mir damals

zugehört haben, sind bei uns in Andoland geblieben. Jetzt aber, jetzt ist mein Bruder da. Mein Bruder, der womöglich wieder nach Norland zurückkehren wird."

Sie wandte sich an Sven:

„Besonders dir wollte ich das alles zeigen. Bitte Bruderherz, und auch Jana, verratet keinem Menschen, vor allem nicht den jungen Leuten, die Existenz unseres Landes und schon gar nicht die Probleme hier, die Ängste, den Alkohol. Keinem. Versprecht es. Ich bitte euch."

Jana verriet plötzlich, dass sie vielleicht hierbleiben wolle. Sie hätte schon darüber nachgedacht. Sven starrte sie ungläubig an.

„Was? Darüber haben wir überhaupt noch nicht gesprochen!"

„Dann tun wir es doch endlich."

Jana war wie immer sehr direkt und – Sven musste es sich eingestehen – auch mutig.

Nachdem Jana das Thema „Hierbleiben oder zurück nach Hause gehen" angeschnitten hatte, lag Spannung in der Luft. Natürlich. Und mit dieser Spannung und Unsicherheit traten die drei den beschlossenen Spaziergang an. Zunächst schweigend. Lange Zeit schweigend.

Bis Jana meinte: „Wir sollten überlegen, was in Norland besser ist als in Andoland und umgekehrt. Oder denkst du so gar nicht ans Hierbleiben, Sven?"

„Für mich war immer klar, dass das alles ein kurzer Ausflug ist. Etwas anderes kann ich mir nicht vorstellen."

Und dann dachten sie beide laut darüber nach, wo es besser wäre zu leben. Sven betrachtete das Ganze als Übung im Argumentieren, nicht als reale Möglichkeit.

Und so zählten sie auf, was wo vorteilhafter oder nachteiliger wäre.

Die Seuche hatten beide Länder ja gut in den Griff bekommen. Aber In Norland waren der notwendige Gang zum GeZ und die Einnahme der „Lebensgabe" dreimal wöchentlich ziemlich lästig. Und das Berührungsverbot. Und das Distanzhalten. Und die schlechte, ängstliche Stimmung unter den Leuten.

Aber. Es gab keine Krankheiten. Das war bedeutsam. Dass es keine Kunst gab in Norland, das war richtig, ja. Aber das störte viele nicht. Sie waren kunstlos aufgewachsen.

Das Grundeinkommen für alle war eine gute Sache.

In Andoland hingegen gab es das Problem von zu viel Freiheit für manche Menschen. Das hatten sie im AAS-Zentrum begriffen. Und das Gefühl des Eingeengtseins zwischen zu nahen Grenzen. Und den Verdacht, Versuchskaninchen zu sein.

Die Abschaffung des Geldes hingegen war eine gewagte, gute Sache gewesen, die gut ausgegangen war.

Ja, es gab die üblichen Krankheiten in Andoland, das war nicht so vorteilhaft. Aber vor allem gab es Kunst in all ihren Facetten. Eine großartige Sache. Und es gab den Körperkontakt zu anderen Menschen, das war wohl das Wichtigste. Sie konnten einander die Hand reichen, sie konnten einander berühren, sie konnten sich lieben. Ja, lieben.

Jana stellte sich ihre Mutter Mia in Andoland vor:

„Sie könnte jeden Tag Theaterspielen, wenn sie will. Sie fände Gleichgesinnte. Ich glaub, Mutter würde es hier sehr gefallen."

Trotzdem musste sie für sich allein entscheiden, nicht für Mia.

„Schaut, da ist Teresa, meine Oma!", rief Jana plötzlich in die Finsternis hinein und ging schneller, ihrer Oma entgegen.

„Sie ruft mir was zu, hört doch. Ich soll hierbleiben, sagt sie. Hier bei ihr. Seht ihr sie nicht? Da vorne!"

Sven und Karin sahen gar nichts. Sie waren allein auf der kleinen Straße. Keine Teresa war zu sehen. überhaupt niemand.

„Da ist keine Oma, Jana. Du hast Halluzinationen", meinte Sven. „Normalerweise hab ich solche Visionen. Aber vielleicht will dir dein Inneres was sagen."

Danach wurde Sven nachdenklich. Wenn Jana hierblieb, dann hatte er ein Leben ohne sie vor sich. Die Vorstellung gefiel ihm nicht, und er sagte lange nichts mehr. Jana aber ereiferte sich:

„Was sind wir denn drüben in Norland? Wir sind Kokons, eingesponnen im eigenen Ich. Raupen, aus denen nie Schmetterlinge werden. Das sind wir in Norland. Ist es nicht so, Sven?"

Sie erhielt keine Antwort, was sie offenbar nicht störte.

Sven dachte zum ersten Mal über die Möglichkeit nach, mit Jana hierzubleiben, hier in Andoland. Es verwirrte ihn.

Jana ahnte seine Gedanken.

„Wir müssen uns überlegen, wo wir leben wollen, Sven. In einem Land ohne Krankheiten, ohne Kunst, ohne Liebe. Oder in einem Land mit Krankheiten, mit Kunst, und mit Liebe."

Sie hatte „wir" gesagt, Sven hatte es genau gehört. „Wir." Sein Puls ging schneller.

„Meint sie es wirklich so, dieses ‚Wir'? Ich muss und werde mich entscheiden. Entscheiden, wo ich leben will, diese Nacht noch."

Karin hatte die ganze Zeit über nichts gesagt. Wollte wohl die beiden nicht beeinflussen.

Sie beendeten ihren Spaziergang, Karin ging ihrer Wege, es war sehr spät geworden.

Als Jana und Sven sich der Eingangstür zum Gästehaus näherten, stand da ein großer, schillernder Pfau, schwach beleuchtet durch die Lampe oberhalb der Tür. Das scheue Tier lief davon, aber selbst in der Dunkelheit glänzten und glitzerten die Federn in türkis und grün.

Sven und Jana staunten, suchten aber nicht nach einer Erklärung.

„Vielleicht haben wir einen gemeinsamen Traum, Jana."

Im Gästezimmer sprachen sie kein Wort mehr. Jana schien entschlossen, hierherzuziehen. Svens Gedanken gingen im Kreis.

In ihrem Zimmer fanden sie ein Schreiben:

An Sven und Jana.

Wir – Karin, Lisa, und Teresa – haben uns überlegt, ob wir die Abschiedsszene morgen wirklich wollen und haben uns dagegen entschieden. Wir werden uns nicht mehr sehen, es sei denn …
Viel Glück euch beiden! Versucht zu leben, mit allen Sinnen!

Es war ein trauriger, aber auch ein schöner Brief.

In der Nacht spürte Sven Janas weichen Körper neben sich. „Wir" hatte sie gesagt. Es ging ihm nicht aus dem Kopf. Was sollte er tun? Morgen mussten sie zurück. Plötzlich stand derselbe Pfau im Zimmer wie vorhin vor der Tür. Jana merkte nichts. Neben dem Pfau saß ein nackter Bub wie ein kleiner Engel und rupfte die türkisfarbenen Federn des Pfaus aus, „Sie liebt mich, sie liebt mich nicht ..." murmelte er. Den Pfau störte das nicht. Die Federn wuchsen sofort wieder nach.

Sven zwang sich zu schlafen, nackter Bub hin oder her. Und das gelang ihm auch.

Am Dienstagmorgen wachten sie beide früh auf. Sven wusste jetzt, nach dieser Nacht, dass er zurückwollte nach Norland, und bei seinem Vater bleiben wollte. Jana hatte das schon geahnt. Es kam nicht überraschend für sie.

Bevor sie den Heimweg antreten mussten, war noch genügend Zeit. Sie wollten nicht herumsitzen und grübeln. Also machten sie sich auf den Weg zum Haus 4, wo gerade eine besondere Gemäldesammlung präsentiert wurde. Kunst um 1900.

Die Bilder waren nicht besonders gut geordnet worden, sie waren eher zufällig nebeneinander aufgehängt. Da Sven und Jana so eine Bildergalerie noch nie gesehen hatten, fiel ihnen das Durcheinander kaum auf. Eher erschreckte sie die Vielzahl an Zeichnungen von teilweise abstoßenden Szenen und von verzerrter Nacktheit. Trotzdem sahen sie sich alles genau an.

Sven war gefesselt von drei Bildern, die nebeneinander hingen. In der Mitte *Der Schrei* von Edward Munch. Obwohl er dieses Gemälde kannte, verkrampfte sich sein Inneres. Es war voller Schmerz, dieses Bild.

Links von Munchs *Schrei* hing *Die Promenade* von Marc Chagall. „Eines der wenigen erfreulichen Bilder", dachte Sven. Ein Mann stand auf einer Wiese und hielt die Hand einer neben ihm fliegenden Frau. Sie wirkten glücklich, die beiden. So hätte Sven gerne die Hand der fliegenden Jana gehalten, damit sie ihm nicht verloren gehe und damit sie Halt finden konnte in ihrem fliegenden Leben.

Rechts von Munchs Gemälde hing ein Bild von Pablo Picasso: *Frau mit türkiser Kappe*. Es war verwirrend. Die beiden Brüste der Frau waren völlig verschoben, der Bauchnabel auch. Und das Gesicht der Frau war so zerteilt und zersplittert, dass man die eine Hälfte von der Seite, die andere von vorne sah. Trotz dieser zerhackten Frau hatte das Bild eine besondere Ausstrahlung. Vielleicht wegen der grandiosen Farben?

Munch, Chagall, Picasso. Jana wollte sich das alles merken. Sie betrachtete es neuerdings als Bildung, so etwas zu wissen.

Mittags erschien der Abholer beim Gästehaus. Derselbe wie vor drei Tagen.

Er führte sie durch den Wald bis zur Grenze, händigte ihnen die Handys aus, die sie abgeben hatten müssen und verabschiedete sich mit „Viel Glück!".

Da saßen sie nun am Waldrand. Sie waren allein. Bis zur Dämmerung, die sie für die heimliche Rückkehr brauchten, war noch ein wenig Zeit. Sie hatten ja keine offizielle Genehmigung, weder von Norland noch von Andoland. Also warteten sie.

Da tauchte der Pfau vor ihnen auf. Er hatte heute goldene Federn und starrte Sven regungslos an, Tränen in den Augen, aber auch Bosheit. Es war unheimlich.

„Schau doch, der Pfau! Er begleitet uns", sagte Sven. Und er war sich plötzlich sicher, dass Janas Narbe am Hals von einem Pfauenbiss stammte. Er bemerkte nicht, dass das nicht sein konnte. Jana war früher noch nie in Andoland bei diesem Pfau gewesen. Sven beschloss, auch Unmögliches als real zu sehen. Punkt.

„Da ist kein Pfau. Da ist niemand", antwortete Jana. „Da ist keine Oma. Da ist niemand", fiel ihr ein. Wann war das gewesen? Die Zeit hatte sich stark gedehnt in diesen drei Tagen.

Sie kamen wie immer gut an den Grenzwächtern vorbei, standen wieder in Norland, standen stumm da.

Nun mussten sie rasch zum GeZ, ihre Lebensgabe abholen. Es war zwar schon spätabends, aber es gab im GeZ immer einen Bereitschaftsdienst, falls jemand zu spät kam.

Die Schwebebahn brachte sie zum Gesundheitszentrum. Beide hassten sie Abschiede, taten so, als ob sie sich morgen wiedersehen würden. Ja, sie würden sich wiedersehen, irgendwann. Glaubten sie zumindest. Jana und Sven verschoben den Abschied, weil sie ihn nicht wollten. Planten ein Treffen, noch bevor Jana in zwei Wochen umsiedeln würde. Und sie wussten beide, dass es nur ein Aufschub des Abschieds war.

„Du kommst mich doch besuchen?" Sven wollte sich absichern.

„Natürlich. Und du?"

Sie beschlossen, sich einmal im Monat zu treffen. In einer Zeit in der Zukunft, wenn Jana in Andoland und Sven in Norland wohnen würden.

„Wir werden uns besuchen, und wenn es nicht legal geht, mit Genehmigungen, dann eben so, wie wir es bisher gemacht haben. Illegal." Jana war die Mutigere, wie immer.

Eine feste und zugleich flüchtige Umarmung, ein erzwungenes Lächeln, eine Träne in Janas Augen. Svens Kumpanin verschwand in den Eingangsbereich des GeZ. Ihr lila Haar war das letzte, was Sven von Weitem noch sah.

Er eilte zu seinem Arzt.

Alles wie immer.

Ereignislos.

Nach der Lebensgabe fuhr Sven drei Runden mit der Schwebebahn. Da waren keine „Aussteiger", keine Kinder mit ihrem Lehrer, keine Asiatin mit Katze. Der Waggon war fast leer. Und Sven dachte nach, was nun zu tun war.

Er wollte auf jeden Fall Opa Franz aufsuchen, vielleicht morgen schon, und ihm alles erzählen. Alles. Er wollte künftig jede Woche für zwei Stunden bei ihm sein.

„Er wird staunen darüber, wo Jana und ich waren. Und er wird lachen wie ein Schulbub."

Sven freute sich auf diesen Besuch.

Zuerst galt es aber, Vater aufzusuchen und mit ihm zu reden. Sven wusste schon genau, was er ihm sagen wollte.

Er stellte seinen Wanderrucksack vor der Tür seines Appartements ab, betrat seine Wohnung vorerst nicht, wollte sofort mit seinem Vater sprechen.

Als er an der Tür läutete, waren ihm die Pläne, die er hatte, vollkommen klar. Und er wollte Vater alles sagen.

Sven umarmte ihn, es war ungewohnt für sie beide.

Sie setzten sich zum Tisch. Martin Mahler begann als Erster zu reden.

„Wie war dein Ausflug, Sohn?"

„Schön, Vater."

Der Vater sah Sven ungläubig an. Dann lächelte er.

„Du bist von dort, wo du wirklich warst, zurückgekommen. Das freut mich sehr."

Er getraute sich zu fragen:

„Und was ist mit Lisa, deiner Mutter, und mit Karin, deiner Schwester?"

„Alles ist gut, Papa. Alles. Ich hab' eine wunderbare Mama. Das weiß ich jetzt."

Sven versprach seinem Vater, bei ihm in Norland zu bleiben und ihn zu unterstützen.

„Aber nur, wenn du irgendwo ein Cello auftreiben kannst. Ich will Cello spielen lernen."

Sven lachte und steckte seinen Vater damit an.

Das Studium wolle er aufgeben und stattdessen einen Blumenladen aufmachen. Einen Blumenladen mit Goldnesseln, Sauerklee, Zweiblättrigen Schattenblumen, Farn, Waldmeister und Rotem Fingerhut. Alles in Töpfen. Keine Schnittblumen. Dass er die Blumen verschenken würde, verriet er seinem Vater nicht. Noch nicht.

Martin Mahler war froh, seinen Sohn wieder in seiner Nähe zu haben, küsste ihn am Schluss sogar auf die Wange.

„Ich bin mit allem einverstanden, Sven, das weißt du ja."

Sven ging durch den Gang zu seiner kleinen Wohnung. Der Rucksack stand noch vor der Tür. Aber da war noch etwas. Ein Kübel voller tellergroßer Primeln stand neben seinem Rucksack. Als er das Appartement betrat, geschah Seltsames. Ein Knirschen unter seinen Füssen ließ ihn stutzen. Der Boden der ganzen Wohnung war mit feinschottrigem Kiesel bedeckt. Dieser Kiesel knirschte laut, wenn Sven auch nur einen Schritt machte. Es war ein bedrohliches Knirschen.

Ein ehrgeiziger Radfahrer knirschte auf dem Schotterweg, der um Svens Zauberwiese führte, an ihm vorbei und warf einen kurzen Schatten auf ihn.

Sven erwachte.
Er war auf dem Rasen eingeschlafen und lag im kalten, feuchten Gras seiner „Zauberwiese". Neben ihm kleine Primeln, Leberblümchen, Krokusse, Schneeglöckchen. Er hatte wohl lange geträumt.
Erinnern konnte er sich an nichts mehr. Nur drei Bilder tauchten kurz in seinem Kopf auf: eine junge Frau mit lila Haaren, ein blinder alter Mann und der Name Kassiopeia. An mehr erinnerte er sich nicht. Und er konnte mit diesen drei Bruchstücken nichts anfangen.
Sven sah auf die Uhr, sah, dass es spät war, und brach auf. Mit jedem Schritt kam er der ungeliebten Arbeit beim Notar näher. Er sollte einfach kündigen, um diesem Staub und diesen alten Akten zu entkommen.
Als er das Notariat betrat, sagte er zu seinem eigenen Erstaunen so laut, dass alle Mitarbeiter es hören konnten:
„Ich kündige."
Und weg war er. Einfach weg.

Sven wusste nicht, wieso er auf die Idee kam, jetzt sofort die Landesgrenze nahe der Stadt Walberg aufzusuchen. Eine Grenze, von der kaum jemand sprach und bei der er noch nie gewesen war.

Er traf auf einen mürrischen Grenzwächter und auf einen alten Zaun.

„Welches Land ist da drüben?", fragte er und wusste nicht, wie er auf solch eine absurde Frage kam. Schon in der Grundschule hatte er gelernt, dass Etonien das westliche Nachbarland von Norland war.

„Na, Etonien", antwortete der Wächter grob und auch verwundert.

Ein paar Meter hinter dem Grenzzaun stand eine verrostete Tafel mit der Aufschrift: „Sie betreten jetzt Etonien." Und eine Flagge flatterte im Wind. Grün. Weiß. Rot. Etonien.

Was hatte er denn anderes erwartet?

Die Autorin

Ilse Nekut, in Wien geboren, Studium der Mathematik und der Physik, Gymnasiallehrerin, Übersiedlung nach Scheibbs, NÖ, Kulturkolumnistin, Tanztheaterchoreografin, diverse Kulturprojekte, multimediale Lesungen. Verfasserin von sechs Theaterstücken. Kulturpreis der Stadt Scheibbs 2006. Liebt Dokus über Kosmologie und das Mahjong-Spiel. Nach „Der letzte Stein" ist das vorliegende Buch die zweite Veröffentlichung der Autorin im novum Verlag.

novum VERLAG FÜR NEUAUTOREN

Der Verlag

„ *Wer aufhört besser zu werden, hat aufgehört gut zu sein!*

Basierend auf diesem Motto ist es dem novum Verlag ein Anliegen neue Manuskripte aufzuspüren, zu veröffentlichen und deren Autoren langfristig zu fördern. Mittlerweile gilt der 1997 gegründete und mehrfach prämierte Verlag als Spezialist für Neuautoren in Deutschland, Österreich und der Schweiz.

Für jedes neue Manuskript wird innerhalb weniger Wochen eine kostenfreie, unverbindliche Lektorats-Prüfung erstellt.

Weitere Informationen zum Verlag und seinen Büchern finden Sie im Internet unter:

www.novumverlag.com

Ilse Nekut
Der letzte Stein
ISBN 978-3-99107-706-0
140 Seiten

Das Leben der Wienerin Dora wird anhand von markanten Ereignissen spürbar. Am Ende entsteht ein buntes Lebensmosaik aus kleinen Puzzlesteinen: Der erste Kuss, der Mord an Kennedy und Paul, die Liebe ihres Lebens, sind nur einige dieser „Lebenssteine".